유기견 반지와 강 여사의
행복 동행

유기견 반지와 강 여사의 행복 동행

그녀의 좌충우돌 평생 학습 사건 사고들

초 판 1쇄 2024년 05월 10일

지은이 박률
펴낸이 류종렬

펴낸곳 미다스북스
본부장 임종익
편집장 이다경
책임진행 김가영, 윤가희, 이예나, 안채원, 김요섭, 임인영

등록 2001년 3월 21일 제2001-000040호
주소 서울시 마포구 양화로 133 서교타워 711호
전화 02) 322-7802~3
팩스 02) 6007-1845
블로그 http://blog.naver.com/midasbooks
전자주소 midasbooks@hanmail.net
페이스북 https://www.facebook.com/midasbooks425
인스타그램 https://www.instagram/midasbooks

© 박률, 미다스북스 2024, *Printed in Korea*.

ISBN 979-11-6910-639-9 03810

값 19,000원

미다스북스는 다음세대에게 필요한 지혜와 교양을 생각합니다.

그녀의 좌충우돌 평생 학습 사건 사고들

유기견 반지와 강 여사의
행복 동행

글 **박률** · 그림 **명명**

산세베리아와 양띠 해 세 식구

강 여사와 유기견 반지의
따듯한 동행을 떠나며

주인공인 강 여사는 여성의 광장 또는 문화 광장 등을 통해서
평생 학습을 수강해 왔습니다.
그러는 동안 여러 가지 사건 사고를 경험하면서 나이를 초월한 지인들을
만들기도 하였고 젊은 날에는 미처 몰랐던 취미를 발견하는 등 사회적 관
계와 삶의 모티브를 재조명하면서 배움의 즐거움에 열중하여 왔습니다.
그리고 최근 10여 년이 넘는 기간은 유기견 반지를 입양하여 그 세월을
함께 동행하여 왔습니다.

평생 학습 강좌에서 강 여사를 중심으로 발생하는 좌충우돌 해프닝을
옆에서 지켜 본 남편의 관점에서 웃음과 따듯한 이야기로 묶었습니다.
그리고 이런 강 여사를 가만히 지지해 주거나 때로는 강력히 응원해 주면
서 항상 그 시간을 함께하였던 반려견 반지와의 행복 동행에 대한 이야기
입니다.

목차

1장

강 여사의

평생 학습 이야기

1초에 갈리는,
여성의 문화광장 등록

  강 여사는 오늘 일상적인 날보다 좀 이른 시간에 일어나서 평소에 하지 않는 찬물로 세수를 하며 정신을 일깨웠다. 오늘은 강 여사에게 어떤 날보다 아주 중요한 날이다. 여성의 문화광장 양재반에 등록하기 위해 컴퓨터가 놓인 책상에서 고도의 집중력으로 필살의 자판 두드리기 신공을 발휘해야 하기 때문이다.

  여성의 문화광장에 있는 양재반과 미술반 등 이번 분기에 개설된 강좌에 수강자로 등록하기 위해서는 3개월에 한 번씩 오늘처럼 바짝 긴장해야 한다. 최대한 빠르게 수강 등록 희망자로 입력하여 최종 당첨되어야 하기 때문이다. 시에서 운영하는 여성의 문화광장 동호회 반들은 수강 비용이 일반 사설 시설들에 비하면 비용이 정말 저렴했다. 그리고 가르치는 선생님들은 대단한 실력과 커리어를 자랑하고 있어서 수강 등록을 위해서는 엄청난 경쟁을 이겨내야만 했다. 수요에 비해 공급이 너무 부족하니 등록 순서에 따라 당첨이라는 제도를 활용할 수밖에 없다. 그렇기 때문에 수강 등록을 원하는 사람들 모두에게 혜택이 주어지지 않는 안타까움이 남게 되는 현실이었다.

"다른 아줌마들은 손놀림이 아주 빠른 딸이나 아들들이 대신해서 등록해 준다고 하더만."

강 여사는 그렇게 말하면서 조금은 불안한 마음을 가라 앉히고 믹스커피 한잔을 손에 들고 컴퓨터 앞에 앉았다. 사실은 강 여사의 손놀림도 딸 못지않게 빨랐다. 그냥 등록할 때 마다 긴장이 되니 매번 투덜거려 보는 것뿐이다.

강 여사의 방으로 반쯤 열어 놓은 창문을 통해서 아직은 약간 차가운 공기와 함께 햇빛이 들어왔다. 따스한 햇빛이 온 방안에 차별 없이 살며시 가라앉고 있는 월요일 오전 9시였다.

10여 평이 조금 넘는 양재반에는 이미 15명의 소위 '손 빠르게 등록한 아줌마'들이 모여서 잡담을 나누고 있었다. 그 중에 수진씨가 의기양양한 미소로 환하게 웃으면서 강 여사에게 손을 흔들고 있었다. 신선한 봄기운이 가득한 강의실에는 수진씨의 예쁜 손가락들이 흔들릴 때마다 그녀의 미소가 벚꽃잎처럼 흩날리고 있었다. 수진씨는 강 여사보다 나이는 많이 어리지만 이 양재반에서 사귀게 된 유일하게 말이 통하는 친구였다. 수진씨는 양재반에서 강 여사보다 이미 오래전부터 회원으로 수강을 하고 있었다. 강 여사가 양재반에 등록한 후 서로 마음이 통하여 이제는 나이를 떠나서 친구처럼 지내고 있었다. 게다가 수진씨는 양재 실습용으로 사용할 옷감을 저렴하게 구입할 수 있는 도매점까지 잘 알고 있어서 가성비 좋은 재료들을 구하는 데 일등 공신이었다.

"언니, 오늘은 일찍 왔네요?"

수진씨가 반갑게 인사를 해 왔다. 강 여사는 평소 아침 잠이 많은 편이라 바쁘게 준비하고 와도 10~20분씩 늦었다.

"수강 등록하고 첫 날이니까 일찍 오게 되네."

강 여사는 능청스럽지만 여유 있게 대답하면서 수진씨가 미리 준비해둔 옆자리에 앉았다. 그렇게 양재반 등록 후 첫날은 대부분이 아줌마인 회원들의 수다와 함께 시작되면서 강의실에는 배움의 열정이 서서히 달아오르고 있었다.

여인의 장정 열세번 팔목 나비걸음

　　유기견 반지와 강 여사의 행복 동행

미술반 친구
친절한 재영씨

    강 여사는 그림을 잘 그린다. '잘 그린다'의 의미는 사람들마다 기준이 다르겠지만 수준 높기로 정평이 난 미술반 선생님이 강 여사의 그림을 자주 칭찬했다. 그리고 미술반 뒷벽에 강 여사의 그림을 참고하라고 전시도 해 놓고 있으니 미술반 회원들도 그런가 보다 했다. 강 여사의 그림은 일반 회원들처럼 그리고 싶은 사물을 그대로 옮겨 담지 않았다. 자신만의 느낌을 살려서 표현하기에 가끔은 기상천외한 아이디어가 그림으로 표현되기도 한다. 느낌을 잘 살려 주는 특정 포인트를 잡아채는 눈이 있고 그것을 표현하는 붓질이 과감하다고 할 수 있는 편이다. 그런 점들이 강 여사가 유화를 잘 그린다는 평가를 받는 이유인 것 같다.

    사실 강 여사의 그림 그리기는 이미 20여 년의 경력이 있다. 수채화보다 유화를 좋아해서 처음부터 계속해서 유화만 그려 왔다. 개인 전시회는 가져 보지 않았지만 단체 전시회는 예전에 살던 곳에서 이미 여러 번 경험한 바 있다. 전시회도 사실 특별히 좋아하지 않지만 미술반 선생님들의 강권에 못 이겨 다수의 단체 전시회 경력이 있을 뿐이다. 어쨌든 그때의 그림들도 아이디어가 풍부했고 그 표현은 일반 회원들과는 달리 기발했다. 그리고 시간이 흐르면서 이제는 유화를 칠하는 기법이 좀 더 농익어 가고 있으며 과감하고 선 굵은 스타일로 변하는 중이다. 강 여사가 그린 대부분의 그림에는 강 여사가 남기고 싶은 메모 형식의 글들이 함께 있다. 그 글들을 굵고 선명하게 표현해 보라는 지금 미술반 선생님의 조언에 따라 요즘은 그 표현을 좀 더 과감하게 시도하는 중이다. 세월이 흐르면서 표현은 과감하면서 단순해지고 있다. 그런 강 여사의 그림을 같은 미술반 회원인 재영씨가 아주 좋아한다. 양재반의 수진씨처럼 재영씨도 강 여사에 비하면 아주 젊으면서도 현재 미혼이다. 경제적으로 여유가 있고 그 나이에 아버지의 사업을 이어받아서 운영하고 있으니 겉으로 보면 소위 '좀 까다롭고 눈높이가 있어 보이는 골드 미스'이다. 그런 재영씨가 강 여사에게 관심을 가지는 것은 의아스럽다. 하지만 다른 아줌마들에게서 보지 못했던 재치 있으면서도 재미있는 입담과 그리고 화폭에 표현되는 그림의 창의성에 반했던 것이다. 지금은 강 여사가 수진씨와 함께 문화광장의 양재반에서 나왔다. 그 후 할 수 없이 일정 기간 동안 지역의 양재기술 관련 사설 업체인 쏘잉 맘에서 문화광장보다는 비싼 회비를 내면서 양재 기술을 배웠다.

재영씨와의 첫 만남도 양재반과 관련이 있었다. 강 여사가 양재반에 등록 후 한 분기를 보내면서 보니 양재반 선생님이 양재 기술을 가르쳐 주는 것에는 무성의했다. 그러면서 본인의 사적인 스트레스를 공적인 양재반 회원들에게 풀어대는 것이 은근히 일상적이었다. 게다가 더 나아가 공공연할 정도에 이르렀다. 그래서 양재반 수강생들이 모두 선생에 대한 불만이 가득한 가운데, 강 여사가 양재반에도 다닌다는 것을 전해 들은 미술반 재영씨가 양재반 관련 대화에 불쑥 참여했다. 자신도 그 양재반 선생님의 전횡을 보다 못해서 결국 양재반을 나왔다고 말했다. 재영씨는 양재반을 다니는 중에 선생님 본인은 물론 관리자들에게도 그런 부당한 점에 대해서 수차례 시정을 요구했다. 하지만 관리자 측에서 사실 확인조차 하지 않았다고 한다. 그러니 시정 요구사항이 관철되거나 개선될 여지는 전혀 안보였다. 오히려 그 선생님은 날이 갈수록 수강생들에게 점점 더 온갖 스트레스를 다 부렸다고 한다. 한편 그 선생님은 문화강좌 관리 관계자들에게는 평소에 아주 아부를 잘하는 사람으로 이미 정평이 나 있었다. 기타 직간접의 관계자들과도 사이가 좋은 사람이어서 잘못된 부분에 대하여 시정되지 않았다. 그래서 재영씨는 강 여사에게 조언을 했다. 해당 선생이 교체되기 전에는 그 나쁜 분위기는 개선될 여지가 보이지 않으니 스트레스 그만 받고 하루라도 빨리 양재반을 나오라고 했다. 그때부터 재영씨와 대화가 시작된 것이었다.

　말하자면 행동하는 지성인으로 분류되는 사람이랄까 재영씨는 그랬다. 불편하고 부당한 것은 반드시 시정을 하고 싶어했고 그냥 참고 넘어가는 법이 없었다. "권리위에 잠자는 자는 구제할 필요가 없다."라는 법격언을 잘 알고 실행에 옮기는 사람이었다. 그러나 사실 재영씨는 강 여사가 그날 이후로 함께 시간을 보내면서 사귀어 보니 겉으로만 까다롭지 속으로는 착한 심성으로 가득한 여성이었다. 미국에 유학까지 다녀온 수 재로서 다른 직업을 통해서 혼자만의 독립되고 편안한 생활을 영위할 수 있었다. 그럼에도 나이든 부친이 운영해 온 부동산관련 사업체를 매각이나 정리를 하지 않고 이어받아서 안정적으로 운영을 해 왔다. 그 와중에 노환으로 병원 출입이 잦은 부친과 모친을 수시로 서울에 있는 큰 병원으로 직접 운전해서 왕래를 하며 병 수발을 해 왔다. 또 경제적으로 어렵기도 하고 시각에 장애가 있는 작은 아버지에게는 부친의 역할을 대신했다. 10년이 넘도록 생활비로 일정액을 직접 가서 전달해 주고 있는 성실하고 다정한 사람이었다. 대부분은 그냥 송금 처리를 하고 말일임에도 재영씨는 꼭 그렇게 해 왔다고 한다. 그러니 사실은 사람들을 쉽게 사귀지 않는 강 여사가 재영씨와는 각별한 관계를 유지해 오는 까닭이 있기도 한 것이다.

그러나 처음부터 강 여사와 재영씨가 친해졌던 것은 아니었다. 지금처럼 친하게 지내게 된 것에는 재영씨의 숨은 노력이 있었지만, 그 계기가 된 직접적인 사건이 있었다. 재영씨 입장에서는 어처구니없을 정도로 간단한 말 한마디와 함께 같이 자리를 하면서 시작되었던 것이다. 재영씨는 고급 제과 전문점과 분위기 좋은 카페를 좋아했다. 사실은 강 여사를 포함한 대부분의 여성이 모두 좋아하는 곳이긴 하다. 강 여사의 첫 인상부터 좋게 느껴졌던 재영씨는 강 여사와 좀 더 친하게 지내고 싶은 마음이 생겼다. 그래서 처음에는 몇 번이나 근처에 있는 고급 커피 전문점이나 제과점에서 강 여사가 좋아하는 커피를 한잔하자고 제안했었다. 그러나 강 여사는 매번 집에 가야 한다고 거절해 왔다. 강 여사도 좋은 사람들과 함께 커피를 마시면서 수다를 떠는 것을 싫어하지는 않았다. 그러나 미술반 시간이 끝나면 얼른 집으로 가서 집 정리는 물론 저녁 준비도 해야 하고 반려견들도 산책을 시켜야 하기 때문에 시간이 항상 넉넉하지 않았다. 강 여사는 짧은 시간 동안 여러 가지 일을 한꺼번에 해내는 것을 싫어하는 편이었다. 그래서 시간은 항상 빠듯했다. 그런 부담이 있어서 강 여사는 매번 재영씨의 제안을 거절할 수밖에 없었다. 그러던 어느 날 재영씨가 그날도 크게 기대하지 않고 강 여사에게 커피 한잔하자고 제안하면서 우연히 정말 우연히 자신에게 조각 케익 쿠폰도 있다는 말을 덧붙였다. 이 말을 들은 강 여사는 재영씨의 예상과는 달리 아무 조건 없이 바로 오케이를 해 버린 것이다. 재영씨 입장에서는 그 이유를 막상 알고 보니 조금은 허탈한 것이었다.

　미술반에서 커피를 항상 즐기는 것으로 보였던 강 여사지만 사실은 '작은 케이크 쿠폰', 정확히는 '조각 케익'이야말로 강 여사에게는 마법의 주문과도 같은 것이었다. 하지만 재영씨 입장에서는 그것을 알 도리가 없었기 때문이었다. 재영씨 입장에서는 '겨우 그것 때문에'라는 생각이 들 수밖에 없는 조건이지만 강 여사에게는 '거절하기 어려운 유혹'에 해당되는 것이었다.

사실 우리 모두는 고객을 관리하고 매출 실적을 올려야 하는 영업사원은 아니다. 그래서 고객의 성향을 사전에 분석하고 그 호불호를 미리 캐치하여 정확한 니즈를 파고들어야 할 전략까지는 필요 없다. 하지만 우리가 이런저런 인연을 통해서 맺어가는 인간 관계에서 상대방의 니즈나 호불호에 대한 점들은 한 번쯤 다시 생각해 봐야 할 요소이기는 한 것 같다. 내가 좋아하는 어떤 사람이 친구나 연인이든, 인생의 멘토이든 선 후배 관계이든, 초기 단계가 있다. 그때 나의 선의에서 나오는 관심과 관찰로 그 사람이 좋아하는 것들을 일정 부분 미리 알 수 있다면 그리고 어떤 장소나 음식 등에 대한 호불호를 알게 된다면 분명 도움이 될 것이다. 그 결과 원하는 이와 관계 맺음에 대한 우리의 적극적이고 선한 의도는 시행착오를 줄이고 그 사람과 좀 더 부드럽게 연결되도록 해 주는 촉매가 될 것이다. 그러나 우리들은 나이가 들어가면서 이제 그런 점들을 쉽게 잊어버리는 것 같다. 좀 덜 신중한 모습으로, 상대방 입장에서는 갑자기 턱밑으로 다가오는 좀 빠르게 느껴지는 속도로 타인에게 다가가는 경향이 생겨버린 것 같다. 상대방은 어쩌면 아직 인지하지 못했을 수도 있는데 내가 가진 선의 또는 호의만으로 충분하다고 생각하면서 말이다. 그리고 그 이후에는 마치 다 안다는 듯 쉽게 말하고 행동하기도 한다. 어떨 때는 그런 선의나 호의도 없고 믹스 커피 한잔을 권해 보는 가벼운 예의조차도 귀찮아 한다. 그러면서도 아직은 낯선 관계에 있는 사람에게 바로 본인이 필요한 것을 요구하거나 무례한 주장이나 강권을 하기도 하는 것이다. 그렇게 해 놓고는 상대방에게 거절을 당하면 까다로운 사람이라고 평가해 버리기도 하면서 그 사람이 가진 장점은 영원히 알지 못한다.

물론 재영씨는 그런 우려에 쉽게 빠지는 신중하지 않은 사람은 아니었다. 그래서 강 여사에게 항상 예의를 다한 제안을 하였지만 강 여사의 약점이 참을 수 없을 정도로 가벼운 것이었다는 것을 재영씨는 전혀 예상할 수 없었던 것이다. 재영씨는 상상할 수도 없었을 강 여사의 최대 약점은 커피 전문점에서 파는 작은 조각 케이크에 있었다. 이처럼 사람들끼리 관계를 맺어간다는 것은 아주 쉬울 수도 있지만 또 너무 어려울 수도 있는 듯하다. 그날 재영씨 입장에서는 속으로 무척 당황스러웠지만 덕분에 커피를 즐겁게 마시고 작은 케이크도 나누어 먹는 시간을 보냈다. 그러면서 두 사람은 조금 더 가까워질 수 있었다.

그 후에는 물론 강 여사와 재영씨가 종종 함께 시간을 내어 케이크를 먹고 커피를 마시면서 두 사람은 선물 같은 시간을 보냈다. 강 여사는 커피 대접을 받은 답례로 양재 솜씨를 발휘해서 재영씨가 미술 작업실에서 사용할 수 있는 토시를 직접 만들어 선물로 주기도 하면서 좋은 관계를 만들어 가고 있다.

어쨌든 강 여사는 커피와 조각 케이크를 무지 좋아하고 래퍼 겸 가수인 지코와 그의 음악을 좋아한다. 그리고 TV 경연 프로그램에 가끔 나오는 멋진 기타 연주를 특히 CREEP의 기타 연주는 무척이나 좋아한다. 그리고 그렇게 관심이 가는 것에는 강 여사의 집중이 시작되고 그 후에는 시간이 걸릴 뿐 강 여사의 유화 캔버스위에 붓질로 자연스럽게 이어지는 경우가 많았다. 그러면서도 추억이 함께 있는 주변의 작은 산과 들, 공원에 피는 작은 야생 들꽃과 잎이 무성한 계수나무를 그렸다. 또 항상 건강해 보이는 키 큰 도토리 나무의 잎과 열매, 그리고 접시꽃들이 담벼락에 피어 있는 옛날 형태의 주택가 골목길 등을 사랑했다. 그리고 그 속에 어우러져 있는 사람들과 그들의 삶을 대상으로 자유롭게 강 여사만의 화풍으로 유화를 완성시켜 나갔다. 즉, 강 여사가 좋아하는 대상들은 자연스럽게 강 여사의 화폭에 담기고 있으니 강 여사가 평소에 좋아하는 것들은 사실상 간접적으로 노출이 되고 있었다.

재영씨는 강 여사를 '명명 언니'라고 부른다. 강 여사의 그림에는 본인을 나타내는 표시로 항상 '명명'이라고 하기 때문이다. '명명'은 강 여사가 스스로 본인의 이름이 너무 흔하다는 이유로 재미있게 만든 예명 같은 것이다. 처음 유화를 그릴 때부터 강 여사가 완성한 유화의 바탕에는 명명이라는 글자를 넣어서 이름처럼 계속해서 사용했다. 그렇게 10여 년이 지나다 보니 이제는 그 글자에 친근함도 느껴져서 강 여사의 모든 작품에는 '명명'이 표기되어 있다.

"명명 언니. 내가 주차를 쉽고 편하게 하라고 내 차와 뒷 차 사이에 주차 공간을 만들어 두었는데 왜 거기에 주차를 안 하고 계속 돌고 있는 거야."

강 여사가 여성의 광장 주차장의 주차 공간이 이미 차량들로 꽉 차 있어서 겹주차할 만한 곳도 못 찾고 계속 맴돌고 있었다. 그러자 건물 안에서 보고 있던 재영씨가 일부러 뛰어나와서 소리를 지른다. 문화의 광장은 늘 만차에 가까워서 주차하기가 쉽지 않았다. 그래서 겹주차도 일반화되다시피 했는데, 강 여사는 거의 매번 늦게 도착하기 때문에 사려 깊은 재영씨가 그렇게 강 여사의 차가 중간에 끼어들어서 주차를 할 수 있도록 공간을 만들어 놓고 수시로 지켜보곤 했던 것이다. 그렇게 오늘도 정신없이 부산스러운 가운데 강 여사의 미술반 활동이 시작되고 있었다. 강 여사의 경우에는 선생님의 지적을 받으면서도 커피와 간식을 즐기면서 수다를 떠는 것이 대부분의 시간을 차지했다. 하지만 강 여사는 언제나 그 즐거움을 놓칠 생각이 눈곱만큼도 없었다. 이런 강 여사 때문에 재영씨의 작품도 완성하는 데 시간이 종전보다 더 걸렸지만 재영씨조차도 이제는 강 여사와 일상적인 수다를 즐기는 것을 편하게 받아들이고 있었다. 나이를 떠나 두 사람은 본인들도 잘 인식하지 못하는 사이에 자매처럼 서로를 챙겨주며 미술반을 다니고 있었다. 그렇게 두 사람의 관계가 발전하게 된 것에는 처음부터 지금까지 재영씨의 배려가 그 바탕에 항상 있었다. 고마운 사람이다.

지코

초기 자화상

유기견 반지와 강 여사의 행복 동행

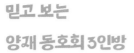

믿고 보는
양재 동호회 3인방

봄의 끝자락에 다다른 계절은 예쁜 들꽃들과 다양한 종류의 구절초 등이 아직도 줄을 서서 자기 차례가 되면 기다렸다는 듯이 피고 그 예쁨을 뽐낸 후 사라지는 시간들이 지나가고 있었다.

강 여사는 전날 남편과 함께 반려견들을 산책시키던 중에 조금 꺾어 왔던 보라색 클로버 꽃이 담긴 화병에 물을 채워주고 있었다. 하얀색 클로버 꽃들이 대부분이지만 집 주위 산책길에는 보라색 클로버 들이 종종 발견되었다. 그것을 조금만 가져와서 꽃병에 담아 두면 제법 오랫동안 그 예쁜 모습들을 볼 수 있어서 좋았다. 다만, 물을 자주 채워줘야 하는 부지런함을 요구하지만 그래도 이맘때에 책상 위에서 강 여사의 사랑을 독점하는 녀석이다.

그때 메시지가 도착했다는 알람이 울렸다. 수진씨였다. 원래 수진씨와 함께 미화씨, 강 여사 이렇게 셋이서 여성의 광장 양재반이 아닌 사설 쏘잉 맘에서 양재 기술을 배우며 서로 친하게 지냈다. 그 전에 다녔었던 양재반에서는 선생의 독선과 짜증으로 세 사람 모두 견디지 못하고 결국 나왔었다. 그 이후 쏘잉 맘에서도 역시 아쉽게 양재 선생이 제대로 된 기술 전수는 고사하고 오히려 수강생들의 디자인 패턴을 도로 베껴가는 것을 즐겨하는 특이한 사람이었다. 9개월을 버티면서 배우고 싶은 것을 겨우 겨우 익혀내고는 결국 그곳도 셋이 함께 그만두고 나왔다. 그 뒤로는 가끔 이렇게 양재 관련 기술을 서로 도와가며 배우기도 하고, 각자가 만든 옷의 디자인이 잘된 것들은 자랑스럽게 그 패턴을 서로에게 추천하고 공유하면서 지내는 사이가 되었다. 이제는 양재반도 쏘잉 맘도 없으니 규칙적으로 볼 수는 없었고, 가끔은 분위기 좋은 커피숍에서 아니면 강 여사집에서 등등 장소를 바꿔가면서 만남을 지속하고 있었다.

미화씨가 강 여사 집 앞까지 차를 몰고와서 동행한 후 수진씨 집 근처 커피숍에 모처럼 모였다. 수진씨는 강 여사에 비해 나이가 좀 어리고 미화씨는 한 살이 어렸다. 다들 생업 활동에 적극적으로 부지런하고 검소하면서도 수더분한 점이 서로 끌렸다.

"원단이 새로 들어온 게 있는데, 공동 구매할래요?"

수진씨가 커피를 한 모금 마신 후에 핸드폰에 있는 원단 사진을 보여주면서 말을 꺼냈다. 사실 수진씨 언니는 원단을 도매로 구입해서 소매로 팔고 있었다. 가끔 품질이 좋으면서 가성비가 좋은 원단이 새로 들어오면 수진씨에게 연락이 갔다. 그러면 수진씨는 강 여사와 미화씨와 함께 셋이서 그 원단을 공동구매 형식으로 종종 구입하고 있었다. 양재 작업을 하다 보면 완성품들이 맘에 들지 않을 때도 많고 그러면 가슴 아프지만 폐

기해야 하니 가성비 좋은 원단은 세 사람에게 필수적인 사항이었다.

"여름에 블라우스를 만들기에 아주 시원한 천이 나왔고 가성비도 좋아서 구매할까 하는데, 언니들도 같이 해요."

수진씨 제안에 모두 이의 없이 동의하면서 다시 작업을 할 거리가 생기는 날이었다. 디자인 패턴 제작은 이번에는 강 여사가 맡기로 하고 마치 모든 작업이 이미 완료된 것처럼 모두 다 수다 삼매경에 빠진다.

나이를 떠나서 이렇게 공통된 취미가 있는 사람들끼리 모여서 건강하게 사회적인 관계를 맺고 유지한다는 것은 우리에게 얼마나 필요하고 또 소중한 것일까? 취미 생활을 하면서도 적당한 선에서 사생활까지 수다로 공유할 수 있다는 것은 우리들의 정신 건강에 얼마나 좋은 영향을 미치고 있는지 강 여사나 다른 두 사람도 굳이 표현을 하지 않을 뿐 공감하는 바였다. 강 여사는 최근 인기가 좋은 디자인으로 블라우스 패턴을 제작했다. 디자인 패턴 제작도 사실 쉽지는 않아서 강 여사는 영어로 된 참고 서적이나 일어로 된 서적들을 참고하면서 패턴을 만들어 나갔다. 다행하게도 AI 기술은 나날이 눈부시게 발전해서 굳이 그 외국어들을 직접 번역하지 않아도 구글 등에서 사진 촬영만으로 번역이 가능하도록 해 주는 세상이었다. 그럼에도 하루가 다르게 찾아오는 노안 때문에 강 여사는 안경점에서 돋보기를 7개쯤 사서 집에 여기저기 놓아두었고 손에 잡히는 대로 사용하고 있었다. 뒷손이 깔끔하지 않아 물건 찾는 데 애를 먹는 강 여사로서는 현명한 선택이었다. 그래도 시간이 지나다 보면 모든 돋보기가 한군데에 다 몰려 있어서 그것을 찾느라고 한참 동안 헤매기도 한다. 드디어 패턴을 완성하고 3인방 동지들에게 공유를 했다. 이번 여름에 블라우스는 각자가 만든 옷으로 즐겁게 치장하며 다닐 것이다. 비록 비싼 가게에서 파는 의류나 명품 의류에 비할 바는 아니었지만 각자가 직접 만든 노력과 애정이 숨어 있고 전 세계에서 하나뿐인 옷이란 점에서 만족도는 작지 않았다.

그래도 옷을 만들다 보면 어느새 옷들이 옷장에 가득해서 더 이상 보관할 곳이 없을 때도 생겼다. 세 사람 다 그 점에서 자유롭지 못했는데, 다행히 강 여사의 경우에는 자연스럽게 해결이 되었다. 강 여사가 만든 옷들이 그 수를 헤아리기 어려울 정도가 되어 집에 있는 옷장문이 배가 불러 밀려나올 정도가 되면 대구에 사는 강 여사의 언니나 가까운 지역에 사는 동생이 우연히 집에 놀러 왔다. 그때 맘에 드는 옷들을 각자 가져가기도 했고, 젊은 딸아이도 가끔은 강 여사의 디자인에 반해서 같은 디자인으로 자기 옷을 만들어 달라는 주문을 넣기도 했다. 강 여사가 재미있게 작업할 수 있는 취미에다가 3인방의 동지들이 있고, 여기저기에서 수요가 생기니 강 여사의 작업은 항상 신명나는 일이었다. 가끔 특별한 기술이 요구되는 부분의 마무리가 만족스럽지 못할 때도 있었다. 그럴 때면 우선 강 여사가 입고 다니면서 사람들의 반응을 살펴보고 그 후에 기술을 보완해서 작품을 완성시키기도 했다. 어느 날은 남편과 함께 외식하는 식당에서 일하는 아주머니들이 강 여사의 작품을 알아보고는 자신에게도 하나 만들어 달라는 부탁을 했다. 아파트에서 미화 일을 하는 아주머니도 관심을 보여서 강 여사가 직접 만든 옷을 전해주기도 했다. 그러면 그 아주머니는 또 적당한 음료수를 사서 강 여사에게 감사를 표시하기도 하였다. 남편은 아직 직장 생활을 하고 있어서 강 여사가 옷을 만들어 주지 않는 편이지만 여름철에 입을 수 있는 간편하면서 시원한 천으로 된 자켓 정도는 만들어 주었다. 남편은 그 옷을 세상에 하나뿐인 수제 한정 제품이라고 자랑하면서 편하게 입고 다녔다. 퇴직 후에는 남편이 편하게 입을 수 있는 자연 친화적인 옷감으로 일상복을 만들어 줄 예정이다. 아직 어린 손자 선호를 위해서는 피부에 자극이 없는 원단으로 간편한 옷들을 만들어주고 있었다.

이처럼 강 여사의 양재 작업은 가족 간에 사랑을 주고받는 소중한 기술이고 작업이면서 이웃과 직간접적으로 소통하게 해주는 건강한 취미 생활이었다. 게다가 자유분방한 성격의 강 여사가 의외로 재밌게 할 수 있는 취미생활이었고 작업을 할 때면 강 여사는 활력이 넘치고 몇 시간을 계속해도 피곤한줄 몰랐다.

반려견 반지와 두부까지 강 여사에게 자기들의 옷은 언제 만들어줄 거냐고 두 눈을 말똥거리며 강 여사가 작업하는 방에서 강 여사의 창작을 함께 거들었다. 어쩌다가 천이 남아서 예쁜 목줄을 만들어서 목에 걸어주면 다혈질인 두부도 바로 벗겨내지 않고서 주인에게 받은 선물이라고 동네 반려견들에게 자랑하고 다녔다. 아마도 강 여사가 앞으로도 오래도록 놓지 않을 좋은 취미였다.

유기견 반지와 강 여사의 행복 동행

원단 자르기

훈훈했던
이어폰 찾기 대소동

 미술반 시간이 돌아왔다.

 강 여사는 이번에 새로 구입한 휴대폰과 이어폰을 회원들에게 자랑하기 위해 모처럼 일찍 출발을 서둘렀다.

 강 여사는 지난 주말에 남편과 함께 전자대리점 매장에 갔었다. 남편의 휴대폰이나 강 여사의 휴대폰이나 둘 다 구입한 지 3년이 이미 지나서 신상품으로 교체할 때가 되었다. 남편은 기존의 휴대폰을 사용하는 것에 별로 불편함을 느끼지 못하는 듯했지만 강 여사의 휴대폰을 신상품으로 바꿔주기 위해서라도 함께 교체할 마음이었다. 강 여사는 좀 지난 구형 휴대폰을 알뜰하게 사용하고 있었다. 그런데 최근 들어서 유튜브의 인기 동영상을 시청하거나 남편과 저녁 산책하며 좋아하는 음악을 들을 때마다 휴대폰의 속도가 느렸다. 음악을 들을 때 절약형 요금제로 인한 데이터 부족으로 음악이 도중에 끊기는 등 불편함도 심각하게 느끼고 있었다. 무료로 데이터 충전을 하는 것에도 한계가 있어서 처음으로 핸드폰을 바꿔야 하나 하는 생각까지 들었다. 하지만 그냥 습관처럼 오래된 구형 휴대폰을 유지하고 있었다. 이런 강 여사의 성격을 잘 아는 남편이 자기 휴대폰을 바꾸면서 강제로 강 여사 휴대폰도 최신형으로 교체를 해 주었다. 물론 절약 습관이 몸에 밴 강 여사가 절대로 그냥은 안 넘어왔다. 남편은 매달 5만원을 현금으로 지원해 준다는 조건을 걸었다. 그러자 강 여사는 마음에 드는 예쁜 바이올렛 칼라의 신형 폴더블폰으로 바꾸게 된 것이다.

대부분의 부부가 각기 서로 다른 점이 있다. 그것이 나와 배우자가 다른 점이라는 것을 인정하기까지 시간이 걸릴 뿐 결국 알아차려 존중하고 배려하면서 살아간다. 강 여사와 남편의 다른 점은 이렇다. 강 여사는 멋진 구두를 사면 구입한 그날 집 안에서도 신고 다니기도 한다. 외출할 때는 그날 바로 새 구두를 신는다. 그런 모습은 사준 사람의 입장에서는 굉장히 흐뭇한 기분을 느끼게 만들어 준다. 반면에 남편은 며칠 동안 좀 아끼다가 기분 좋은 어느 날에 신는다. 옷이나 다른 물건을 사도 그렇다.

『Morning Question』에서 읽었는데, 죽은 사람의 물건을 정리해 주는 유품정리사들에 따르면, 사람들은 대개 제일 좋은 것은 써 보지도 못한 채 죽는다고 한다. 그래서 조언하기를 미루지 말고 '지금' 즐기라고 한다. 그 말에 의하면 강 여사가 남편보다는 훨씬 지혜로운 선택을 하고 행동하는 셈이다. 또 다른 한 가지는, 남편은 회사 일이나 일상생활 속에서 대부분 나름의 계획을 가지고 살아가지만 강 여사는 매사 거의 즉흥적이다. 그리고 남편은 사용한 물건을 반드시 '놓여 있던' 그 자리에 다시 둔

다. 하지만 강 여사는 '사용했던' 그 부근에 놓아둬서 그 후에 그 물건을 사용하려는 남편은 한참 찾는다. 남편은 신었던 양말을 뒤집어서 세탁물 함에 넣어두는 법이 없지만 오히려 강 여사가 가끔 그렇게 한다. 당연히 이런 차이점은 신혼 초기에는 작은 갈등을 일으키는 요소가 되었지만 지금은 두 사람 모두 서로 다름이 있다는 것을 인정하게 되었다. 그러면서도 상대방의 장점을 잘 알고 칭찬하면서 살아가고 있다. 남편이 인정하는 강 여사의 장점은 아이디어가 풍부하고 창의력이 있는 것이다. 의외로 어떤 분야에 대한 집중력은 대단해서 빠른 시간안에 성과를 내고 만다. 그리고 전기, 전자 제품을 잘 다룬다. 그래서인지 집에 있는 냉장고나 세탁기 그리고 다른 여러 종류의 전자 제품들의 수명이 평균적인 통계 숫자에 비하면 놀랄 만큼 길었다. 또 절약 정신이 투철해서 과소비를 모르는 사람이었다. 오로지 가족을 위해서만 돈을 아끼지 않았고 스스로를 위한 소비는 지나치게 없을 정도였다. 그러나 어쨌든 휴대폰은 남편이 구형 휴대폰을 현장에서 바로 데이터를 삭제해 매각해 버렸기 때문에 같은 날 동시에 새로운 휴대폰을 개통해서 사용하게 되었다. 휴대폰 개통 후 일주일 만에 마침 결혼을 한 딸아이가 최신 블루투스 이어폰을 남편과 강 여사에게 따로 하나씩 선물을 해 주어서 이래저래 기분이 좋은 요즘이었다.

강 여사는 예쁜 휴대폰과 이어폰을 자랑하고 싶었다. 마침 미술반 수업 시간이 돌아왔다. 재영씨는 물론이고 미술반 회원들에게 나도 멋진 신형 휴대폰과 이어폰이 생겼다고 미술반에서 자랑을 했다. 주변에 있는 사람들도 돌아가며 구경을 하기도 하며 수다를 떨었다. 자기들도 이미 신형 휴대폰을 가지고 있지만 강 여사의 기분을 맞춰주는 것이었다. 평소보다 더 분주한 수다를 떨고 간식을 먹으면서 다른 사람들 휴대폰과 이어폰의 기능을 이야기하는 사이에 그림 수업은 온데간데없는 시간을 한참 보냈다. 그러다가 미술반 시간이 종료되고 각자 자리를 정리하는데 강 여사의 이어폰이 보이지 않았다. 딸이 준 선물이라 특별했고 그래서 나름 잘 챙긴다고 신경 썼는데도 강 여사 특유의 자유 분방함과 수다 삼매경에 스스로 빠져서 어디에 두었는지 생각이 나지 않았다. 미술반에서 대부분의 날을 그림을 그리기보다는 수다 떨고 간식 군것질하고 커피 마시는 데 강 여사는 시간을 썼다. 다른 날보다 조금 더 정신없이 혼란스러운 시간을 보내고 이제 미술반 수업을 마치고 집으로 가려고 하는 시점에 이어폰이 사라져버린 것이다.

난리가 났다. 강 여사가 앉았던 자리를 중심으로 여기저기를 찾아봤지만 앙증맞은 모습의 하얀색 이어폰은 어디에도 보이지 않았다. 강 여사는 심하게 당황하기 시작했다. 그 나이답지 않게 얼굴은 벌겋게 달아올랐고 벌써 눈에 눈물이 그렁그렁 했다. 그 모습을 본 같은 반 사람들이 바로 귀가하지 못하고 모두 동료애를 발휘했다. 대부분의 수강생이 강 여사의 이어폰 수색 작전에 대대적으로 동참했다. 선생님의 지휘에 따라 우선 먼저 찾아보기로 하고 실종신고는 보류했다. 김 여사는 베테랑 형사 같은 매서운 눈으로 화장실로 가는 길을 꼼꼼히 살폈다. 화장실까지 들어가서 일일이 떨어진 물건이 없는 지 확인해 보았다. 박 여사는 다과와 접시를 놓아두는 선반들을 야간 점호를 실시하는 군대 조교처럼 하얀 장갑을 낀 손으로 먼지를 닦아내면서 하나 하나 점검을 했다. 모든 이가 부산스럽게 여기저기를 수색하였으나 하얀색이 반짝반짝 빛나면서 선명한 강 여사의 이어폰은 보이지 않았다. 그러자 한 사람이 남성인 선생님을 밖으로 내보낸 후 전부 옷을 벗고 털어서 확인을 해 보자는 제안까지 나왔다. 그때 재영씨가 이제야 생각났다는 듯이 "핸드폰에 이어폰 찾기 기능이 있을 텐데 그걸로 한번 해 봐요."라고 말했다. 부랴부랴 웨어러블 앱을 통해서 이어폰 찾기를 누르자 강 여사가 자신의 몸을 움찔 움찔거렸다. 강 여사가 입은 그림 작업용 앞치마의 주머니 깊은 곳에서 이어폰이 나 여기 있다고 몸을 떨며 진동을 하고 있었던 것이다. 헤헤헤. 모두에게 미안해하면서 멋쩍은 웃음을 짓는 강 여사의 마음속에는 그래도 찾아서 정말 다행이라는 안도감이 미술반원들에 대한 미안함보다 사실 더 컸다.

누군가 무엇을 잃어버렸을 때, 그 물건이 고가의 제품이든 아니든, 같은 시간과 공간에 함께 있던 사람들이 자기 일처럼 함께 찾아주는 것은 분명 우리가 가진 좋은 문화 중에 하나이다. 우리가 혼자가 아니라는 사실을 모두에게 일깨워 준다. 지하철에서 깜빡 졸다가 하차해야 할 곳에서 급히 뛰어나가면서 가지고 있던 소지품을 흘렸을 때가 있다. 그 순간

주변에 있던 '사람들이' 소리치며 그 물건을 지하철 밖으로 던져줄 때 우리는 그런 사실을 다시 한번 일깨우게 된다. 우리 사회가 앞으로도 잃어버리지 말아야 할 좋은 문화 중에 하나임이 분명하다. 이날은 부산스럽고 정신 없는 하루 중 어느 날이면서 모두에게 빠르게 발전하고 있는 디지털 기능에 대한 학습 욕구까지 생기기도 한 날이었다. 강 여사와 의리의 동료 수강생들이 '우리'라는 틀 속에서 안도감과 뿌듯함을 동시에 느꼈다. 아직 남은 마지막 정리 수다를 떨며 각자의 집으로 향하는 그 시간이었다. 햇빛이 쏟아지는 여성의 광장 담벼락에는 예의를 잊어버리지 않고 끝까지 웃음을 참아내며 이 모든 것을 구경하고 있던 접시꽃이 있었다. 다들 함께 잘 도와주셨다고 그래서 이어폰을 찾아서 다행이라고 말하는 듯이 부끄러운 고개를 살며시 내밀고 있었다.

6월이었고 날씨는 벌써부터 점점 더워지고 있었다.

CREEP

유기견 반지와 강 여사의 행복 동행

누가 이 사람을
모르시나요?

   강 여사 남편이 서울 본사 근무를 표면상 건강상의 이유로 물러난 후에 지역 사업장에 내려와서 소장으로 근무를 한 지도 1년이 넘어가고 있던 즈음이었다. 양재반 동지들과 끝없는 수다를 동반한 커피 타임을 가지고 있는데, 낮 시간임에도 남편으로 부터 전화가 왔다. 예전 서울에서 영업팀장을 할 때 맺었던 인연들 중에서 아직도 가끔 연락을 주고받는 의리 있는 지인들과 셋이 모여서 저녁을 먹기로 했다는 것이다. 기다리지 말고 저녁 챙겨 먹고 쉬고 있으라는 전화였다. 가끔씩 남편이 이야기를 해주었던 사람들이었고 그중에 한사람은 근무하던 회사에서 독립하여 자기 사업체를 만들어서 고군분투 중이라고 들었던 사람이었다. 잘했다고 말하고 술만 너무 많이 마시지 말라는 당부를 남겼다. 오랜만에 저녁 준비를 하지 않아도 된다는 소소한 즐거움에 빠졌다. 강 여사는 나만의 저녁 시간을 어떻게 재미있게 만들어볼까 즐거운 고민을 하면서도 한편으론 슬금슬금 걱정이 올라왔다.

   남편의 술자리는 강 여사에게 아직도 뇌리를 울리는 경종의 하나였다.

남편은 지금은 술자리가 거의 없어서 폭음이 드물기는 했다. 그러나 예전에는 술자리에서 분위기에 취하면 초기에 폭음을 하는 편이었다. 그리고 그런 날은 거의 예외 없이 고주망태가 되어서 집으로 겨우 귀가하는 전력이 자주 있었던 사람이었다. 특히, 남편이 좋아하고 마음이 잘 통하는 사람들과 함께하는 술자리는 처음부터 남편 자신도 모르게 소위 '달리는' 분위기에 자연스럽게 편승하는 스타일이었다. 그때마다 자신의 주량을 수시로 초과하는 사람이라 강 여사는 조금 염려가 되기 시작했다. 오래전이지만 직장 사무실에서 가까운 아파트에 살던 당시, 남편이 근무하는 곳의 팀장이 워낙 술고래였다. 또 주요 거래처 사장들 중에서도 한술하는 사람들이 많았다. 영업 특성상 자연스럽게 술자리가 잦았고, 집이 가깝다는 이유로 핑곗거리가 없었던 남편은 술 자리를 빠지기가 힘들었다. 그렇게 술자리에 참석한 남편은 그때마다 매번 몸을 가누지도 못할 정도로 음주하고 귀가하는 일이 많았다. 그 당시에는 사람들마다 주량이 다름에도 그것을 인정하지 않고 음주를 강권하는 분위기가 만연해 있었던 시기였다. 강 여사의 언질대로 미리 조심한 날은 그나마 무탈하게 귀가하기도 했다. 그렇지 않고 팀장이나 거래처 사장의 페이스에 휘말린 날에는 거의 매번 남편은 집으로 걸어서 오는 길 중간 부근에서 결국 방향을 잃어버리고 강 여사에게 전화를 해댔다. 집으로 걸어오는 길 중간에는 제법 큰 공원이 있었는데 귀가하는 노선이 직선으로 되어 있지 않고 구불구불했다. 사무실이 집에서 가까운 거리였지만 영업직이어서 남편은 평소에 자기 차로 출퇴근을 했다. 그러다 보니 가끔 술자리가 생기면 대리 기사를 부르기는 비용이 아까워서 차를 회사 주차장에 두고 집까지 20여 분 정도 걸리는 그 공원길을 도보로 귀가하곤 했다. 그러나 그때마다 술에 취한 남편에게는 구불구불한 그 길이 매우 낯설게 느껴졌던 모양이었다. 실제로 그 길목에 있던 공원안에서 여기가 어딘지 잘 모르겠다고 남편은 술에 취해서 강 여사에게 전화를 여러 번 했었다. 그러면 늦은 밤 시간에 사물도 어둠에 잠겨 분간이 어려운데 강 여사는 겨우 겨우 남편을 찾아서 집으로 데려왔다.

남편은 다음 날이면 정말 미안해했다. 강 여사도 무서웠을 그 어두운 밤에 남편이 다치지나 않았을 지 걱정을 안고 다니게 하였으니 미안해했다. 어디 있는지도 불확실한 남편을 찾아서 겨우 남편이 알려준 건물이나 조각상을 찾아 적지 않은 시간을 헤매다가 결국은 데려오는 강 여사의 능력에 놀라기도 하면서 미안해했고 고마워했다. 그러나 영업 특성상 술자리는 그 뒤에도 수시로 생겼다. 남편은 강 여사를 볼 낯이 없고 미안해서 나름대로 조심한다고 했지만 상대방이 권하는 술을 받아 마시다 보면 의지에 관계없이 인사불성의 상태가 되곤 했다. 그러자 강 여사는 아예 자전거를 한 대 샀다. 그리고 남편이 고주망태가 되어 걸어서 귀가할 때면 잃어버린 물건 찾아오듯 그 공원길에서 헤매고 있는 남편을 찾아서 집으로 끌고 데려오곤 했다. 당연히 술이 깨면 남편은 강 여사에게 미안해했고 또 고마워했으며, 그 공원에 열녀비라도 세울 기세였다. 그리고 그런 일이 있은 며칠 후에는 남편은 미안함에 대한 표현으로 가끔은 장난으로 강 여사에게 혀 꼬부라진 소리로 전화를 했다. 그러고는 강 여사가 나오면 금방 웃으면서 데이트 신청을 하기도 했던 것이다. 나름 미안함을 그리고 고마움을 표시하는 남편의 유치한 방식이기는 했다. 그러나 편하게 웃으며 장난을 받아줄 수는 없을 정도로 그 당시 남편은 방심할 수 없는 사고뭉치였고 반면에 강 여사는 참으로 대단한 내조로 버틴 여장부였다.

이런 저런 상념에 빠져 있던 강 여사에게 자정이 되기 전에 남편의 전화가 왔다. 밤 11시쯤 술자리를 파하고 대리 운전 기사를 호출했으니 곧 집으로 들어간다는 남편의 목소리가 제법 멀쩡한 전화였다. 강 여사는 그제서야 마음을 놓으면서 커피 한잔을 타 놓고 새로 만들 옷을 위한 패턴 제작에 들어 갔다. 그러나 남편은 귀가는 제대로 했지만 술은 적지 않게 마신 상태였다. 남편이 고주망태가 되었을 때 강 여사가 놀리는 '네모 입' 모양을 하고 히죽거리면서 기분 좋게 현관을 들어서고 있었다. "아유, 술 냄새." 강 여사는 남편을 힐난했지만 남편은 한동안 소식이 늘 궁금했던 사람들과 오랜만에 기분 좋게 한잔했다며 혀 꼬부라진 소리로 이해해 달라고 했다. 원래는 1차로 한잔하고 2차는 가볍게 커피나 음료를 마시면서 대화를 나누고 그 날 자리를 정리할 계획이었다고 한다. 그러나 사업을 새로 시작한 사람이 사업 초창기라 기본적으로 비즈니스의 성과를 내기가 너무 힘들고, 이전 근무했던 회사의 대표가 배신을 당했다고 민, 형사 소송까지 걸어왔다는 소식을 전하더란다. 그러면서 그 지인이 말하길 자기는 요즘 너무 힘들었는데 오늘은 마음이 편안하고 좋은 사람들을 만나 한잔했으니 커피 한잔 마시며 뒷 정리를 하고 귀가할 수 없다고 말했다고 한다. 그래서 근처 노래방에 가서 노래 부르며 고성방가로 스트레스를 좀 풀어야 된다고 고집을 부렸다고 한다. 그래서 남은 두 사람도 할 수 없이 동의를 했지만 식당 근처에서 노래방을 찾느라고 한참 시간이 걸렸고, 노래방에서 두 시간을 보낸 후에 겨우 달래서 귀가시키고 들어오는 길이라고 친절한 설명을 더 하면서 늦은 귀가에 대한 변명을 했다.

그러나 강 여사 남편의 네모 모양의 입에서 나오는 혀 꼬인 자상한 설명은 강 여사 동네의 작은 맥주 집 옆에 자리 잡은 몇 그루의 키 큰 마로니에 잎들이 그 크고 넓은 잎으로 한 여름에 시원한 그늘을 만들어주며 이웃들에게 자상하게 작은 쉼을 주던 그래서 사람들에게 소중하고 필요했던 것과는 모양도 분위기도 달랐다. 그 시간에 굳이 안 해도 될 설명까지 하는 바람에 강 여사의 남편에게는 이미 자신의 입 모양을 한 네모의 검은 그림자가 어두운 기운을 품고 슬금슬금 확산되며 자신을 덮고 있었음을 눈치채지 못하고 있었다. 바로 씻고 잤으면 어쩌면 아무 일도 없이 좋았을 텐데 이미 늦었다. 남편이 굳이 자상하게 늦은 귀가에 대한 변명과 지인들의 안부에 대해 주절거리던 그때 강 여사의 눈에 무언가 보였다. 남편이 입고 있는 셔츠의 왼쪽 깃 한쪽에 뭔가 옅은 빨간색으로 반짝이는 이물질이 있었고 그게 립스틱 자국이란 걸 알게 되는 시간은 10초면 충분했다.

아뿔싸! 확실한 물증에 거실에서 밤 늦은 시간에도 한바탕 소동이 일어났다. 결국 남편이 싹싹 빌고 진심 어린 사과를 하면서 오랜만에 지인들과 보낸 즐거운 시간은 순식간에 사라졌다. 그나마 남편의 빠른 사과로 이 밤에 태풍이 될 사건은 내일 다시 이야기하는 것으로 임시로 잠재워졌다. 어쨌든 내일 출근을 해야 하기 때문이었다. 그리고 이제는 나이가 들어서인지 강 여사도 젊은 날처럼 날 선 감정을 가지고 장미의 전쟁 속으로 뛰어들어가는 것이 힘들었다. 밤을 세워가며 남편과 드잡이를 하기에는 육체적으로 이미 무리가 있었다.

남편이 말하길 모임을 가진 식당 인근이 유흥지역이 아니어서 노래방은 겨우 하나밖에 없었다고 한다. 겨우 찾은 노래방에서 그 지인은 도우미가 없으면 노래가 안된다고 다시 고집을 부렸다고 한다. 이미 한참 늦은 시간이었지만 어쨌든 겨우겨우 노래방 사장이 그 시간에 불러올 수 있는 도우미는 2명이었다고 한다. 그렇게 해서 노래방에 들어온 도우미들은 둘 다 50대 중반이 넘어 보였다. 그리고 늦은 시간이어서인지 도우미들도 이미 적당히 술에 취한 상태로 들어왔다. 그래서 모두 부담 없이 그냥 친구처럼 어깨 동무하고 노래하는 분위기로 이어졌다고 한다. 그런 어수선한 분위기중에 자신도 모르는 사이에 옆에서 어깨 동무를 했던 도우미 한 사람의 립스틱이 스친 것 같다고 인정을 했다. 하지만 남편은 자신은 그 사실을 전혀 몰랐었고 그런 일이 생길 만한 분위기도 아니었으며, 결단코 당신에게 미안해할만 한 어떤 행동도 하지 않았다고 읍소를 했다. 사실 립스틱 자국은 선명하지도 않았지만 그래도 억울하다는 남편의 탄원을 그냥 받아들일 수 없었다. 남편에 대한 원망으로 강 여사의 심정에 껄끄러움이 지워지지 않았다. 누가 보더라도, 이 사건 사실관계의 적부가 법원으로 넘어가더라도 심리에 참석한 동정심 많은 시민 배심원들조차 만장일치로 강 여사의 손을 들어주지 않을 수 없을 정도였다. 그날 밤의 증거 자료는 누가 봐도 립스틱 자국이었다.

남편들이여 술자리를 가진 후 귀가할 때는 제발 가정의 평화를 위하여 모든 흔적을 확인하고 지운 다음에 현관문을 들어 오시라! 유흥에 고수가 되자는 말이 아니다. 아내를 존중하고 아내에게 예의를 갖추어야 한다는 뜻에서 스스로를 항상 경계해야 한다는 의미임을 이해해 주시라. 그런 상황에서 굳이 사회생활을 하다 보면 또는 비즈니스를 위해서 어쩔 수가 없었다는 말을 계속할 필요는 없는 것이다. 그리고 갈등 해결에 도움도 되지 않는다. 역지사지를 들먹이지 않아도 부부간 기본 예의에 해당되는 것이다. 고의나 중대한 과실이 전혀 없었다는 주장으로 아내를 계속 힘들게 하지 마시라. 바로 잘못을 인정하고 용서를 구해서 장미의 전쟁이 오래가지 않도록 하는 것이 스스로에게도 현명하다 할 것이다. 그런 의미에서 강 여사의 남편은 이번에는 현명하게 처신을 했다. 어쨌든 남편은 진심으로 사과를 했다. 강 여사의 화가 좀 가라앉자 사과의 의미로 선물을 하나 하겠다고 억지로 강권하기까지 했다. 천천히 생각해 보고 가지고 싶은 선물을 결정해서 알려달라고 말했다. 그 후 남편은 놀라서 이미 술은 반쯤 깨어났지만 여전히 뒤통수를 붙잡고 있는 숙취에 절은 몸을 겨우 침대에 눕힐 수 있었다.

국회의원들은 다음 날 새벽 일찍 출근해야 하는 불쌍한 직장인들을 위해서 장미의 전쟁이 발발하거나 그 기간 중이라도 부부 모두에게 12시 이후에는 공평한 숙면권을 헌법상 국민의 기본권에 포함시켜 주시기를!

부부의 다툼을 계속해서 법 밖에 방치하지 마시기를! 그 다툼을 최대 밤 12시로 제한하여 주시기를! 그래서 쌍방 간에 합의가 안 되면 다음 날 그 다툼을 다시 하게 되더라도 일단 일방이 요구하면 잠정 휴전과 수면 시간이 인정되도록 하는 권리를 보장해 주시기를! 남편은 꿈속에서 주절주절대는 듯하더니 곧 잠으로 떨어졌다.

신나는 연주

금반지 수집꾼
해적 3인방

    강 여사는 요즈음 금반지에 자꾸 눈길이 갔다. 그래서 남편의 잘못 이후 강 여사는 사과를 받아주는 조건으로 금반지 하나를 선물로 요구했다. 한 돈 정도면 좋겠다고 했다.

    남편은 속으로 아마 큰 금액이 아니어서 다행이라고 생각했을 터였다. 그리고 액수보다는 아내의 관용에 감사했을 것이다.

    강 여사는 최근에 여성의 광장이 아닌 다른 지역의 유사한 기관에서 가르치는 곳에서 한국화반에 등록하여 수강하고 있었다. 그곳에는 대략 70대가 넘은 할머니들이 계셨다. 그분들은 목걸이나 팔찌를 다섯 돈이나 열 돈 정도의 순금으로 제작된 그런 번쩍거리는 액세서리를 목이나 팔에 많이들 하고 있었다. 그것을 보자 갑자기 나도 하나 있었으면 하는 생각이 들었던 것이다. 그렇지만 그렇게 부피가 커 보이는 다섯 돈 이상 말고 한 돈 정도면 잘 어울리지 않을까 하는 생각이 들곤 했다. 젊은 날에는 쳐다보지도 않은 종류의 액세서리인데 이제는 나이가 좀 들어서인지 자주 강 여사의 눈에 들어왔다. 또 이제는 순금 색깔도 예쁘게 보였다. 금은 언제든지 되팔 수 있는 재테크 품목이고 현금화가 가장 쉬운 보석이란 생각이 들었다. 이런저런 이유로 금반지를 하나 갖고 싶다고 남편에게 말했다.

사실 강 여사에게 액세서리가 없는 것은 아니었다. 남편은 수시로 선물을 하는 편이었다. 특히 해외 출장을 다녀오는 길에는 면세점에서 제법 비싼 악세사리를 사가지고 와서 예정에 없던 깜짝 선물을 하기도 했다. 그러나 이제 나이가 좀 들어서 인지 금으로 만든 악세사리가 눈에 조금씩 들어오고 있었다. 그리고 순금으로 된 반지나 목걸이는 강 여사에게 아직 하나도 없었다. 남편은 금 한 돈으로 제작된 요즘 인기 있는 물고기 모양의 반지를 사서 강 여사에게 선물을 했고, 이것을 받아 든 강 여사는 기분이 흡족했다. 손가락에 금반지를 낀 모습을 핸드폰으로 촬영해서 수진씨와 미화씨에게 자랑을 했다. 금액이 그리 비싼 편은 아니었고, 남편의 실수를 뒷담화할 겸 해서 자랑 아닌 자랑을 했던 것이다. 하지만 이 사건은 강 여사 남편의 실수로 생긴 해프닝으로 마무리되지 않았다. SNS의 병폐가 양재반 3인방에게 이어지고 휩쓸게 될 줄은 그때만 해도 정말 몰랐다.

강 여사의 반지가 단톡방에 올라가고 열흘이 지나지 않은 어느 날 미화씨가 애인을 졸라서 똑같은 스타일의 반지를 사서 SNS에 올렸던 것이다. 미화씨 남자 친구는 자영업을 하면서 남성적인 운동이 취미인 사람이었다. 운동 시간 외에는 미화씨와 함께 지내는 시간도 많이 공유하고 그녀에게 자상한 스타일이었다. 그러나 딱 한 가지 아쉬운 점이 도무지 선물 같은 걸 하지 않는, 아니면 할 줄 모르는 스타일의 남자였다고 한다. 아마도 미화씨는 이번 기회에 자기 애인을 선물도 가끔씩 해주는 로맨틱한 완벽한 남자로 바꿀 야심 찬 계획이 그 마음속에 있었던 거 같다. 강 여사가 미화씨에게 그 빌미를 제공한 셈이다.

수진씨도 결국 동참을 했다. 서울 소재의 유명 호텔에서 근무를 하고 있던 남편과 함께 수진씨는 가족의 경제적 독립을 위해서 열심이었다. 대단지 아파트 인근에 빨래방을 차릴 계획으로 대형 쇼핑몰에서 캐셔로 알바를 뛰는 등으로 고생을 자원해 왔던 적극적인 여성이었다. 수진씨는 아직은 젊다 보니 순금은 싫고 14K 반지로 양재 3인방 멤버의 의리를 지키기 위해 남편을 졸라서 샀다. 그리고 SNS에 올림으로서 명실상부한 금반지 수집단 세 자매가 완성되었다. 그렇게 반지 소동은 금반지를 하나씩 챙기면서 가라앉을 것 같았지만 예상과는 달리 수진씨의 동참이 있고 난 며칠 후에도 종료되지 않고 사건은 계속되었다. 미화씨는 애인에게 선물을 사 달라고 조르는 일이 막상 해보니 그렇게 힘든 일이 아님을 알게 되었다. 그리고 선물을 받은 느낌이 너무 좋았으므로 용기를 내어 한번 더 애인을 졸랐고 다른 손가락에 선물로 받은 금반지 사진을 척하니 SNS에 올렸다. 그러자 이어서 바로 생일이 얼마 남지 않은 강 여사가 남편에게 생일 선물을 당겨서 해 달라고 졸랐다. 이번에는 한 돈 짜리 고래 꼬리 모양을 한 금팔찌를 사서 손목에 걸고는 의기양양하게 SNS에 올리면서 다시 금반지 수집 전쟁은 불이 붙기 시작했다. 금반지 3인방 회원 자격을 유지하기 위해서는 수진씨도 다시 하나 올려야 하는데, 그 기로에서 제일 어린 수진씨가 다행하게도 어른스러운 이성을 유지하면서 추가적인 동참을 자제하였다. 그러면서 이 사건은 더 이상 태풍으로 번지지는 않았으며 돌풍으로 잠 재워졌다. 그럼에도 강 여사와 미화씨는 결국 금반지를 하나씩 더 추가한 후 에서야 양심 있는 지성인으로서 대한민국 아줌마들의 건전한 품격을 유지하자는 자성의 목소리가 나왔다. 막내 수진씨의 모범적인 실천이 이미 실행되고 있었으므로 결국 강 여사 남편의 실수로 생긴 해프닝은 도합 금 세 돈으로 종결이 지어졌다. 강 여사의 남편은 원인 제공을 하였기에 선물에 들어간 비용에 불만을 제기할 입장이 아니었다. 오히려 강 여사가 최근에 가지고 싶은 것이 있었고 그것을 선물해 주었다는 작은 기쁨이 있었다. 수진씨의 남편은 아직 젊으니 경제적 독립이 어느 정도의 궤도에 오르면 멋진 선물로 수진씨의 노고에 보답하겠다는 마음으로 두 사람은 더욱 사랑으로 똘똘 뭉치는 계기가 되었다. 미화씨의 남자 친구는 사랑하는 사람에게 선물하는 기쁨을 알게 되면서 두 사람은 서로를 좀 더 알게 되는 기회가 되었다. 그리고 그 관계는 그 뒤로 더욱 공고한 사랑과 신뢰로 두터워지는 것으로 이어졌다. 세 여사님들은 예쁜 액세서리를 가지게 된 기쁨은 물론 재산 증식이 되는 아이템을 장착하면서도 사랑하는 사람의 마음까지 얻는 결론에 만족하였다. 종국에는 태풍이 될 수 있었던 이 사건은 사랑하는 사람들과 양재반 회원 3인 모두에게 화해와 이해의 폭이 넓어지는 그런 계기가 되었다. 유쾌하면서 훈훈한 추억으로 마무리되었다. 다행히 강 여사 남편도 더욱 음주에 조심하게 되어 그 후로는 유사한 일은 생기지 않았다. 그 결과로 건강도 좀 더 좋아져서 강 여사와 함께 인근 공원에서 저녁 산책 겸 걷기 운동을 자주 하는 모습을 볼 수 있었다.

시계 바늘로 장식해 본 샤기 컷

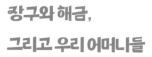

장구와 해금,
그리고 우리 어머나들

강 여사 집 근처 공원에서 산수유의 노란 꽃망울들이 본연의 아름다움을 마음껏 뽐내고 서서히 지기 시작할 때 였다. 같은 곳 다른 나무에서는 멋진 친환경 얼룩 전투복 컬러로 하의를 바꿔 입은 모과나무들이 존재감을 눈부시게 드러내기 시작했다. 이제 곧 전성기를 맞이하는 모과나무들은 그 하의에 어울리도록 권총용 탄알 모양에 끝부분만 살짝 빨간색인 모습의 꽃을 피워내고 있었다. 때 이른 소녀들이 부모님 몰래 가지고 다닐 만한 빨강 립스틱처럼 앙증맞아 보였다. 그렇게 모과나무들이 예쁜 꽃망울들을 보일 듯 말 듯하게 만들어 내어 산책하는 사람들의 눈길을 끌어당기던 즈음에 강 여사는 양재반을 결국 탈퇴하였다. 양재반 탈퇴 후에는 일주일에 두 번 미술반 활동만 했다. 그러다가 강 여사는 여성의 광장이 아닌 다른 장소에서도 거의 비슷한 형태로 수강생들을 모집하고 있다는 정보를 입수하고 용기를 냈다. 다른 문화광장에서도 배움 활동을 계속해 보기로 한 것이다. 다행하게도 강 여사의 광 클릭 신공은 이번에도 여지없이 발휘되어 장구반과 한국화반에 등록할 수 있게 되었다.

강 여사는 보통 사람들처럼 전통 음악에 대한 관심과 열정이 많지는 않았다. 단지 오래전부터 해금과 아쟁의 소리는 특별히 관심이 있었고 좋아했다. 그래서 해금은 문화광장 해금반에 등록하고 연주를 배운 지가 이미 몇 년이 지나가고 있었다. 지금 사는 집으로 이사를 오기 전 동네에서는 다수의 여성 회원들과 함께 해금 합주를 통한 소규모 공연도 여러 차례 시연한 경험이 이미 있었다. 그렇지만 해금은 이상하게도 합주 시 박자를 놓치기가 일쑤였다. 연습을 해도 쉽지 않았으며 그것은 은근한 스트레스가 되어 강 여사가 해금반을 다닐 때마다 따라다녔다. 그래서 혼자 집에 있을 때 연습도 적지 않게 했었고 그런 다음에는 남편 앞에서 연주를 하기도 하고 반려견들 앞에서 연주를 해 보기도 했다. 남편은 참 잘한다고 칭찬을 해 주었고, 반려견들도 연주하는 강 여사의 앞에서 제법 성숙한 청중들처럼 자세를 낮추고 엎드려서 귀 기울이는 모습을 보여주었다. 그래서 강 여사는 속으로는 스스로 제법 으쓱하는 느낌도 없지 않았으나 정작 단체 합주 시에는 도통 박자를 따라가기 바빴다. 결국 그것이 큰 스트레스가 되어 해금은 강 여사의 손길과 관심으로부터 조금씩 멀어졌다. 지금은 작은 방 창가 근처에 조용히 외로운 자리를 잡게 되면서 다시 한번 강 여사의 사랑이 오기를 기다리는 처지에 놓여 있었다.

사실 생각해보면 어떤 악기 연주라도 제법 단계가 올라가면 그것에 대해 집중적인 연습이 필요하고, 그 연습을 위한 절대적인 시간도 필요한 법이다. 그렇지만 평범한 가정 주부인 강 여사가 그런 집중적인 훈련과 교육을 받기에는 시간적으로, 경제적으로 무리가 있었다. 무엇보다도 강 여사가 스스로 그렇게까지는 하고 싶지 않았던 것인지 모르겠다. 집중적인 훈련을 하기에는 눈에 보이는 소소한 일들을 나 몰라라 팽개치기 어려웠고 그래서 흥미는 있었지만 원하는 경지에 도달하기는 요원해 보였다.

장구반 개강일에 그 문화광장 건물이 집에서 멀지 않은 곳이라 강 여사는 설렘과 기대를 안고 자전거를 타고 장구반으로 즐겁게 출발했다. 장구반 첫날은 다른 곳과 마찬가지로 서로 인사하느라 부산스러웠다. 선생님은 수수한 차림을 하고 차분한 모습에 윤기나는 회색 머리를 하고 있었다. 강 여사가 상상을 해 온 그런 자유분방하면서 자신의 분야에 신념과 열정이 넘치는 전통적인 국악인의 모습이었다. 환갑을 넘긴 나이였지만 뒤로 질끈 묶은 머리는 외양으로 드러나는 형식에 구애를 받지 않는 자유로움이 보였다. 건강한 눈빛에는 한 분야에 대한 실력과 경륜이 제대로 쌓인 고수의 내공과 뜨거운 열정이 여전히 살아 숨쉬고 있었다. 과연 선생님이 첫날 보여 준 장구 시연은 숨이 막힐 정도로 열정에 가득 차 있었고 강 여사는 진심으로 탄복하면서 등록을 잘했다는 생각이 들었다. 해금의 박자 따라잡기가 도통 어려워서 종내에는 슬슬 지겨워졌던 강 여사는 선생님의 장구 시연에 반해버렸다. 이번에는 장구를 한번 제대로 배워 보기로 했다. 내친김에 할 수 있으면 풍물놀이패의 한 명으로 활동할 수 있는 수준까지는 배워서 풍물 놀이를 다니고 싶은 마음도 생겼다. 장구반 선생님의 영향이 그렇게 컸다. 강 여사도 처음으로 장구 채를 쥐고 박자에 맞춰 천천히 장구를 두드려 보았을 때 첫 시작부터 그 느낌은 예사롭지 않았다. 입문자에 불과하지만 타악기가 우리에게 주는 영혼의 깊은 울림이 있었다. 동시에 장구를 두드릴 때 어디서 오는지 알 수 없는 청량감 그리고 스트레스를 한번에 날려버리는 그 시원함이 가슴으로 느껴졌다.

그래서 사람들은 장구와 비슷한 난타 공연에 그렇게 열광하는 것일까? 누구라도 난타 공연을 보면 우선 그 연기자들의 열정에 감탄하게 된다. 그리고 쉽게 몰입의 단계로 들어가면서 난타의 다양하고 웅장한 소리와 폭발하는 에너지에 가슴으로 함께 공명하게 되는 것이다. 아마 우리 모두에게 태고적으로부터 내려온 음악에 대한 동질의 유전자가 있기 때문인 것 같다. 그러나 음악에 대한 순수한 호감이 있음에도 사실 우리가 일상적으로 이런 음악을 즐기는 것은 제약이 많은 것이 현실이다. 대부분의 우리들은 녹록하지 않은 현실의 삶에서 제대로 된 쉼이 없이 매일을 살아가고 있다. 보다 나은 미래를 지속적으로 염원하면서 각자에게 있는 힘듦을 알아차리거나 휴식하는 것도 잊은 채 있는 힘을 다해 헤쳐나가고 있는 것이다. 그렇기에 우리 모두는 각자 고된 삶의 여정 중에 당연히 가끔이라도 있어야 할 위로와 격려가 필요해서 그 공연을 좋아하는 것이 아닐까? 우리는 정작 왜 사는지에 대한 방향을 잊은 채 매일매일 맹목적으로 바쁘게만 살 뿐이다. 자신의 삶을 성찰해 볼 여유가 없다. 그러니 스스로에게 휴식과 충전의 시간을 주는 것에도 너무 무관심하거나 인색해서 자꾸 뒤로 미루며 살다가 어느 날 문득 이런 난타나 장구 등의 공연을 통해서 그것을 인지하고 깨닫게 되는 것 같다. 예외 없이 우리 모두 그렇게 살고 있지만 그중에서 특히 우리나라 여성들은 얼마나 힘들게 살아왔고 또 살아가고 있는가?

요즘은 결혼 전에도 이미 많은 어려움을 경험하면서 성장하지만 막상 결혼을 한 후에는 아이를 낳고 어려운 육아를 해내고 있다. 그러면서 그 자녀들의 사춘기 시절을 함께 보낸다. 자녀들이 어렵게 대학을 통과한 후 졸업을 하면 또 그 좁은 취업을 독려한다. 그런 과정을 거친 후 이제 자녀들이 성혼을 하게 되면 그 손자녀들의 성장까지 도우면서 긴 세월을 쉼 없이 달려간다. 더구나 요즘은 취업이 안 되는 자녀들도 주위에 많이 있다. 또 결혼 후에도 자녀들의 호출이 계속되어서 엄마들의 가족에 대한 헌신은 끝없이 계속 이어지는 세상을 살고 있다. 대부분의 엄마들이 가정 경제를 위해 맞벌이를 하거나 맞벌이에 준할 정도의 부업까지 억척스럽게 하고 있다. 그러면서도 자신을 위해서는 치장하는 법이 없고, 잠시라도 자신을 위해 쉴 시간을 주는 법을 모르며 그런 휴식을 위한 공간 자체도 없는 것이 현실이다. 모성애로부터 기인한 일부 엄마들의 자녀에 대한 지나친 간섭과 보살핌이 학교 사회를 포함하여 사회적으로 논란이 되기도 한다. 그러나 시대가 변하면서 그리고 작금의 사회 환경이 대부분의 엄마로 하여금 자녀들의 자연스러운 성장과정을 담담히 지켜보기만 하지 못하도록 떠밀고 있는 것도 사실이다. 이런 사회의 변화와 트

렌드 때문에 자녀들이 장성하고 결혼을 한 이후에도 이 땅의 엄마들은 그 수고로움에 대해 작은 보상조차 기대하기 어렵다. 그래서 이제는 더 이상 미룰 수 없는 정말 필요한 휴식을 보장 받아야 할 때에도 이제 와서 새삼스럽게 주장하기도 어려운 것이다. 더구나 주변의 시선과 문화는 아직도 농경사회의 수준에 머물러 있다. 그런 결과로 인간 본연의 내적 자유로움은 결코 찾을 수 없는 지경에 이르렀다. 살아오는 동안 정말 하고 싶었지만 하지 못하고 미루어 두었던 것들을 다시 후 순위로 제쳐 두게 된다. 여전히 자녀들에게 또는 이제는 손자 손녀들에게 우선순위를 두고 매달릴 수밖에 없는 엄마들이 본인이 그러한 삶을 적극적으로 원했든 원하지 않았든 주위에는 얼마나 많은가? 그것이 일상속에서 두드러지게 표시 나지 않고 또 각자 개별적인 삶의 형태로 진행되고 있다. 그래서 우리들은 일부러 이 문제를 진지하게 생각해보지 않는 한 그 힘든 정서와 노고를 사실 잘 모르고 살아갈 수밖에 없다. 그러니 이 땅의 우리 어머니들은 누구나 예외 없이 그 속이 정상적인 분들이 별로 없다. 그분들도 가족들, 특히 자녀에 대한 집착을 이제는 내려놓고 자신의 삶을 돌아보고 자신을 위해서 살고 싶은 마음이 왜 없겠는가? 그러나 이제는 어떻게 해야 하는지 그 방법조차 아예 모른다고 하는 것이 정확할 것이다. 일부 텔레비전 방송에서 또는 유튜브에서 이런 주제를 진지하게 다루기도 한다. 그러나 그 대부분의 내용은 시청률을 위해서 본질의 무게감은 회피하고 결국 희화화하게 되면서 사회적 담론의 기회를 막아버리거나 축소해 버린다.

　그런 면에서 행락철마다 등산복을 차려 입은 나이 든 아주머니들의 관광 행렬들이 다소 과해서 눈살이 찌푸려지지만 그 시간만이라도 온전히 자신을 위해서 사용하고 그 시간을 충실히 즐기고 싶은 마음이 한편으로는 이해되기도 한다. 건전한 해소 방법도 모르고 그러한 것을 찾거나 배울 시간적 여유도 없는 것이다. 그러나 과감히 단언하지만 관광 놀이 보다는 풍물 놀이를 배우러 다니는 것이 비교할 수 없을 정도로 좋다. 특히 상모를 머리에 이고 장구를 치든 북을 치든 그 어떤 비싼 보약을 먹는 것보다 건강에도 탁월하게 좋다. 요즘 맨발 걷기가 건강에 좋다고 하여 유행이 되고 있지만 장구를 치는 것은 신체 건강에 더욱 좋다. 힘들게 하는 맨발 걷기보다는 아주 신명 나도록 즐거워서 정신 건강에도 아주 좋은 장수 방법이다. 사람들도 많이 사귈 수 있으며 그들과 함께 수다 삼매경에 빠져도 어느 누구도 눈치를 주는 법이 없다.

　마음이 통하는 지인을 만나고 더 발전하여 친구를 만들 수 있는 기회를 가지게 되는 것은 예상치 못한 덤이다. 신나게 장구를 두드리면 스트레스는 어느새 저 멀리 날아 가고 없다. 상모를 돌리면서 굼실굼실 발바닥으로 땅을 밟으면서 어깨춤을 추다 보면 무릎 관절염도 떠나가고 오십견도 사라지고 척추도 곧게 세워지면서 온몸이 활력을 되찾는다.

　실제로 장구를 가르쳐 주는 선생님은 60이 넘은 나이에 하루에도 2~3군데 지역을 이동하면서 장구를 가르치고 있다. 그러면서 장구 공연도 다니지만 그 열정은 물론 체력도 젊은 사람 못지 않게 일정을 잘 소화한다.

　대한민국에서 정치를 하는 분들은 지역마다 문화광장에 장구반을 대폭 확대해 주시기를 바라며, 대한민국의 여사님들은 풍물놀이를 배우시기를 진심으로 강추 드린다. 성악을 배우는 것은 우아하지만 풍물놀이를 배우는 것은 코믹하다는 고정관념 따위는 과감히 쓰레기통에 버려 주시는 용기를 가져 주시기를 바란다. 그런 생각은 우리의 삶에 조금의 도움도 되지 않는다. 그야말로 고정관념에 불과하다.

이현소리
-공연 한시간전

해금 공연준비

유기견 반지와 강 여사의 행복 동행

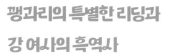

꽹과리의 특별한 리딩과
강 여사의 흑역사

　강 여사는 신이 절로 났다. 첫날부터 어설픈 솜씨지만 장구를 쳐보니 강 여사는 어깨춤이라도 추고 싶어졌다. 스트레스가 저 멀리 하늘로 날아가는 것 같았다. 강 여사 역시 남편과 딸에게 미처 다 말하지 못한 것들이 가슴속에 응어리진 채로 숨어 있었나 보다. 그 소리와 박자가 가슴을 울려대었다. 박자를 맞추기도 해금처럼 어렵지 않아서 더 좋았다. 다만 이곳에서도 전체의 조화와 균형을 맞추어야 했다. 그것을 진두지휘하는 것은 꽹과리 연주자였다. 그래서 신명 나게 장구를 두드리면서도 꽹과리 연주자에게서 박자를 놓치지 않으려고 집중하며 따라하다 보니 꽹과리 연주자의 한 가지 특징이 강 여사의 의도와 전혀 무관하게 눈에 들어왔다. 그 지휘자는 꽹과리로 무리를 이끌던 중 기존 박자를 바꾸는 순간에 한쪽 눈썹 끝이 올라간다는 것이었다. 매번 바뀌는 박자를 이끌 때마다 짧은 순간에 그렇게 했다. 강 여사만큼이나 그 지휘자도 박자와 리듬에 집중하고 있는 것이다. 그것을 알아차리게 된 순간 강 여사는 예측하지 못한 웃음이 올라와서 또 박자를 놓칠 뻔했지만 그래도 박자를 겨우 겨우 따라갔다. 강 여사는 한번 웃음보가 터지면 결단코 중간에 멈출 수 없는 사람이지만 강 여사의 말에 의하면 초인적인 인내로 그 시험을 이겨냈다고 한다. 진정으로 좋아하는 것을 할 때 사람들은 자신의 핸디캡조차 극복이 가능하다는 것을 강 여사는 몸소 보여 주셨다.

사람마다 어떤 행동을 할 때에는 누구나 예외 없이 각자의 특징이 있는 모양이다. 어릴 때 여자 아이들이 고무줄 놀이를 할 때도 그랬고, 제기차기를 하는 남자 아이들을 봐도 그랬다. 그러나 정작 본인들은 어릴 때에도 그랬지만 성인이 되어서도 그 특이한 행동들을 자각하지 못하는 경우가 많다. 그래서 그런 특징을 잡아 챈 어떤 아이가 그 행동을 놀리기 시작하면 본인은 물론 모두가 그제서야 알아채고 박장 대소를 하기도 하지 않았는가? 어쨌든 장구를 신명 나게 두드리는 것은 즐거우면서도 건강에도 도움이 되는 우리 전통의 악기요, 자랑스러운 우리 문화였다. 두 번째 연습 시간을 다녀온 후 강 여사는 남편에게 나중에 풍물놀이패에 가입해서 직접 활동을 다니고 싶다는 말을 통보하듯이 전했다.

장구반에 등록을 한 지도 반년이 넘어갈 즈음이었다. 감기 때문에 며칠 동안 집에서 지루하게 치료만 할 수밖에 없는 날들을 보내다가 감기가 제법 회복 증세를 보이자 강 여사는 득달같이 장구반으로 향했다. 그날 장구반이 끝나는 시간에 강 여사와 같은 날에 처음으로 장구반 등록을 했던 여성이 강 여사에게 말을 걸어왔다. 시간이 되면 점심을 같이 하자는 것이었고, 강 여사 역시 장구반에서도 친구가 한 명 있으면 좋겠다는 생각을 해 왔기에 흔쾌히 응했다. 알고 보니 강 여사보다 두어 살 어렸던 그 친구는 미술을 전공으로 대학원까지 졸업한 미술 분야의 전문가였다. 이름만 대면 알만한 미술관에서 큐레이트로 다년간 근무한 경험도 있는 진짜 전문가였다. 강 여사도 유화를 그리는 것은 아직도 계속되고 있으니 관심사도 비슷하고 성격도 적극적이어서 두 사람은 서로 호감을 가지고 유지했다. 사람을 사귀는데 신중한 점도 강 여사와 닮은 점이 있었고, 현재 살고 있는 아파트도 강 여사집과 거리가 가까웠으며 그리고 앞으로도 계속해서 이 지역에서 살 계획이라는 것도 두 사람은 일치했다. 강 여사는 나중에 재영씨를 소개해서 같이 친구처럼 지내면 좋겠다는 생각을 했다. 세 사람 모두 그림에 대한 취미가 남다르고 오래되었기 때문이다.

친구는 또 생겼다. 한번 친구가 생기니 그것도 밝은 에너지가 전파되는 영향인지 맘을 터놓는 사람이 있었다. 교직만 27년을 하다가 심장 수술로 병가를 낸 이였는데, 병가중에 좋아하는 장구를 쳐보고 싶어서 장구반에 등록한 친구였다. 내년에 교단으로 복귀해야 하는데 혹시나 마주할지도 모르는 예의를 모르는 학생이나 그 학생들 학부모의 도를 벗어난 행패가 염려된다고 했다. 그래서 마음 한편에 불안함을 가지고 있었지만 장구를 치면서 심신을 달래고 있는 사람이었다. 요즘은 선생님들에게 조차 태도가 거친 학생들이나 그 학부모들의 예의를 벗어난 항의와 몸싸움으로 교권이 바닥에 떨어진 시대이다. 곧 학교로 복귀해야 하는 입장에서 얼마나 불안한 마음일까? 예전에는 존경을 받았던 교사라는 직업도 이제는 정말 힘든 세상이 되었다. 더구나 심장 수술을 했으니 그런 사태와 마주하게 된다면 얼마나 놀랍고 끔찍하겠는가? 일부 몰지각한 선생님들도 있겠지만 대부분의 선생님들이 그래도 소명 의식을 가지고 임하고 있다. 그 이유 하나만으로도 선생님들은 보호받고 존중받아야 함을 우리는 잊지 말아야 한다. 사실은 대부분의 선량한 학부모들은 선생님들을 여전히 존경하고 있으며, 대부분의 선생님 또한 그 직분에 최선을 다하고 있다는 것을 우리들은 늘 잘 알고 있다.

이렇게 문화광장을 다니다 보면 겉으로 보기엔 단순히 자신이 좋아하는 것을 배우러 오는 것 같지만 각자들의 마음속에는 작지 않은 사연들을 가진 이들이 많다. 시간이 지나 어떤 이와 서로 마음을 열게 되면 진지한 대화를 통해서 위로를 주고받을 지인을 얻게 되는 경우가 종종 자연스럽게 생긴다. 사람은 사회적인 동물이라는 것은 우리가 적극적으로 인정함은 물론 용기를 내서 마음으로 수용해야 하는 관념이다. 그것은 노후로 갈수록 더 간절해진다. 이런 문화의 광장은 조금만 용기를 내면 쑥스럽지 않게 사회적 교제와 활동으로 쉽게 이어지는 길이 분명히 있다. 이와 같은 곳을 통해서 사회적 동참이 자연스럽게 연결된다면 우리 각자의 삶도 조금씩은 더 건강해지게 되는 것 같다. 그렇게 장구 연주는 강 여사에게 특별한 느낌과 즐거움을 제공했고 덤으로 좋은 친구들까지 생겼지만 남편에게 말 못한 사연도 하나 있었다.

장구 연주의 여러 기법들을 배우면서 그리고 난이도가 올라갈수록 해금 연주 때처럼 박자를 맞추는 것이 점점 더 어려워지게 되었다. 그래서 강 여사는 선생님 몰래 자신만이 알아볼 수 있는 포인트를 잡아서 정리한 커닝페이퍼를 장구 합주 시 사용했다. 장구반 역사상 전무후무한 사건이었다. 객관식이나 주관식 기술 시험에 커닝페이퍼를 사용할 수는 있겠지만 단체 합주 시에 어떻게 그것을 활용할 수 있을까? 어쨌든 처음에는 장구반 선생님도 알아차릴 수 없었고, 그냥 중간 중간에 고개를 숙이고 장구를 치는 강 여사에게 고개를 들고 연주하라는 지적만 했다. 그러나 어떻게 그 행위가 오래갈 수 있겠는가? 결국 장구반 선생님은 강 여사를 유심히 볼 수밖에 없었는데 어느 날 강 여사의 커닝 장구 연주는 만천하에 들통이 났다. 커닝페이퍼는 몰수되었고, 장구채를 들고 선생님 바로 앞자리로 이동을 하게 되는 장구반 역사상 최초의 좌석 강제 이동 사건이 발생했다. 강 여사 개인적으로는 환갑을 앞둔 나이에 생긴 치욕스러운 사건이었다. 물론 이것은 예를 들면 장구 연주의 공인 자격증 시험을 치르는 중에 생긴 일도 아니어서 선생님도 관리 직원들도 강 여사에게 징계를 내릴 수 있는 사안은 분명히 아니었다. 강 여사가 커닝페이퍼를 사용하든, 동일한 연주가 있는 유튜브 동영상을 이어폰을 통해 들으면서 합주를 따라가든 뭐라고 할 만한 내용이 아니었고, 그에 대한 규제나 규정은 당연히 없었다. 그러나 정통 장구 연주에 자존심을 가지고 살아가는 장구반 선생님에게는 허용될 수 없는 사안이었고, 강 여사의 열정을 알고 있었던 선생님은 제대로 가르치고 싶었던 것이다. 리듬을 맞추고 변박에 대응하는 것을 어떻게 종이에 적은 몇 개의 암호로 활용할 수 있는지 그것조차도 의문이었지만 강 여사의 기발함이 놀라울 뿐이었다.

이렇게 장구반에서 개인적인 흑역사까지 발생하였지만 강 여사는 이에 물러서지 않았고 계속해서 장구를 배우러 다녔다. 적어도 아직은 강 여사에게 장구를 치는 것은 여전히 너무나 즐거운 시간이었다. 창피한 일이 생기면 다시는 그쪽으로 고개도 돌리지 않을 만큼 또 부끄러운 성격도 가지고 있는 강 여사로서는 대단한 열정이었다. 이렇게 강 여사의 장구반 활동은 장구반 신입 회원들에게 두고두고 회자될 커닝페이퍼 활용 사건을 터뜨린 주인공이 되었고, 그 이후로도 장구반 선생님의 날카로운 눈초리는 더욱 매서워졌지만 이에 굴하지 않고 열심히 배우고 두드렸다. 그 덕분에 시간이 지나면서 소중한 친구도 얻게 되고 건강도 더욱 좋아졌다.

오늘도 자전거를 타고 장구반으로 향하는 강 여사의 즐거운 도전은 진행형이다. 현관을 나서는 강 여사에게 반려견 두부와 반지의 격려 파이팅이 뒤따랐다.

우리는 서로 얼마나

이해하며 사는가

한국화 반의
58세 막내 강 여사

　사람들은 가끔 자신의 스타일에 관계없이 무언가 도전하고 배우고 싶은 마음이 든다. 강 여사에게 한국화반 수강이 그랬다. 강 여사를 아는 사람이라면 재미없을 텐데 하고 말해줄 법한 수강 종목이었다. 그렇게 한국화반에 간 첫 날이었다.

　장구반이 회원들의 나이에 관계없이 신명 나게 놀다 오는 활기 가득한 곳이라면 한국화반은 장구반보다는 조금 더 나이 드신 분들이 수강생으로 대부분 등록해 있었다. 예상한대로 다소 정적인 분위기가 흘렀다. 가만히 앉아서 한국화를 그리는 곳이다 보니 명상하는 분위기까지는 아니더라도 온 몸으로 장구를 치는 장구반에 비해서는 당연히 그 역동성은 떨어질 수밖에 없었다. 겉으로 보기에도 차분하고 점잖아 보였다. 좀 더 자세히 한 분 한 분의 면면을 보면 수강생이라고 하기 보다 자기 작품을 만드는 전문적인 화가 같은 분위기를 풍기는 분들이 많이 보였다. 그야말로 수준 있는 한국화 문인들이 모여 있는 분위기였다. 그래서인지 첫인사부터 달랐다. 스스로를 소개하는 자리에서 굳이 언제 어디에 출품해서 수상을 했다거나 누구 문인으로부터 사사해서 어디에서 전시회를 열었다거나 하는 식이었다. 뭔가 교양 있고 점잖은 듯하면서도 본인의 이력에 대한 과시가 은근히 몸에 배어 있어서 솔직히 일반인이나 입문자들 입장에서는 조금은 위축이 되면서 유쾌하지 않은 시작이었다. 하지만 그 인사를 나누는 절차가 끝나면 언제 그랬냐는 듯이 다른 문화광장의 수강반처럼 단순한 일상의 신변잡기 수다가 자연스럽게 이어졌다. 그것이 모두에게 편안하고 차별 없는 공통된 주제이기 때문이었고 한국화에 대한 전문적인 대화는 사실 이런 곳에서 계속해서 할 내용은 아니었기 때문이었다. 강 여사는 분위기상 거의 막내 급에 속했다. 환갑을 2년 남겨 둔 나이임에도 말이다. 대부분의 회원이 70대 이상이었다. 어디에서나 그렇듯이 목소리가 조금 더 높은 70대 여성이 한 분 계셨다. 여기서는 할머니라고 하면 안 되는 분위기였다. 지난주 있었던 이야기를 모두에게 들어보라는 듯이 만담가처럼 강의 첫날부터 본인의 일상을 턱 하니 끄집어냈다.

자주 가는 동네 공원길에서 어느 날 산책을 하고 있는데, 그 산책길에서 한 두 번 눈 인사를 한 적이 있었던 노인이 있었다고 한다. 한동안 지나가기만 하다가 최근에 관심이 있는 눈길을 좀 주는가 싶더니 지난 주 산책길에서 급기야 아는 척을 하더란다. 인사말로 "어휴, 힘들지 않으세요? 불편한데는 없으신 가요?" 하며 말을 붙여 오더란다. 대략 동년배 정도로 나이가 예상이 되는 분이었다고 한다. 강 여사가 듣기에는 인사 잘하시는 노인들 중에 한 명 정도로 대수롭지 않게 들렸다. 그러나 그 말을 들은 당사자는 느낌이 좀 안 좋았다고 한다. 속으로 '내가 어때서? 아직 청춘까지는 아니더라도 충분히 건강한 여성인데.'라는 생각이 들면서 그 인사말이 좋게 들리지 않았든 것이다. 즉 본인이 기대한 그런 류의 인사 말이 아니었다는 뜻일 것이다. 인사를 했던 그 노인께서도 아마 상대방 에게 그런 느낌을 주려고 한 인사말은 절대로 아니었을 것이다. 그러나 그날따라 인사를 받은 한국화반 그 여성분에게는 좋지 않은 느낌과 해석 이 뒤따랐던 모양이었다. 이러한 사실을 보면 나이가 드신 여성이라도 초면에 하는 인사말은 우리가 잘 선택해야 한다는 것을 알 수 있다. 나이 에 관계없이 한 사람의 여성으로서 여전히 대접받고 싶은 것이다. 어쩌 면 그것은 그 여성분이 특별히 까다로운 성격의 소유자라고 하기보다는 고령화 시대인 지금 우리 사회의 일반적인 예의에 해당되는 것이 되었는 데도 우리는 그것을 놓치고 있는 듯하다. 하지만 동시에 노인이라고 하 기보다는 인생의 연장자로서의 대접도 때에 따라서 원하므로 그 둘 다를 알고 적절히 현명하게 처신해야 할 듯하다. 고령화 사회의 진입 속도에 비해 우리의 의식과 문화는 미처 못 따라가고 있지만 사실은 이미 응당 변화해 가야 하는 것 중에 하나일 것이다.

어쨌든 그래서 바로 다음 번 산책 길에서 조우했을 때 복수를 했다고 한다. 아마도 그 할아버지는 본인의 첫인사가 어떻게 전해졌는지도 몰랐 을 것이고, 그날 받았던 그 인사말 또한 복수의 의미를 내포하고 있었다 는 것을 전혀 인지하지 못했을 수도 있겠다. "할아버지는 햇빛이 이렇게 뜨거운데 모자도 없이 다녀도 괜찮으셔요?" 하면서 상냥하게 인사를 하셨다고 한다. 그러면서 '할아버지와 영감님이라는 호칭 중에서 어떤 것이 더 기분이 나쁠까?' 하고 그날 조우하기 전에 한참 고민을 했었다고 한다. 그렇다는 것은 '할아버지'나 '영감님' 같은 용어는 남성이 아닌, 또는 남성으로서의 매력이 이제는 많이 희박한, 소위 시쳇말로 뒷방을 차지해야 하는 위치에 놓인 그런 범주에 들어가는 용어라는 의미를 가졌다고 생각하신 듯하다. 그 말을 들은 한국화반의 기존에 계셨던 여러 회원이 또 갑론을박이다. 영감님이라고 했을 때 조금 더 불쾌했을 거라는 사람과 할아버지로 불렸을 때가 조금 더 모욕적이라는 사람들로 나누어졌다. 이것을 보면서 강 여사는 그분들의 수다 내용이 한편으론 신기하기도 하면서 또 남녀의 밀고 당기기는 나이를 초월하는 모양이라고 속으로 생각했다. 강 여사도 적지 않은 나이에 속하지만 그 분들의 수다를 이해하기에는 어려움을 느끼는 소위 세대 차이가 있는 듯했다.

고령화 사회로 이미 접어들었음에도 노인분들에 대한 우리의 인식은 과거에 묶여 있다. 그렇다 보니 우리가 그분들을 이해하는 것과 그분들이 원하고 생각하는 것에 실질적인 인식의 갭이 발생하게 되고 그것을 우리는 세대 차이라고 느끼는 것이다. 어쨌든 그래서 세대 간에 열린 대화는 시대에 관계없이 서로를 알아가고 이해하는데 필요하고도 중요한 것이 분명하다. 우리가 끝없이 시도해야 하는 어떤 것임에 틀림이 없다.

한국화반 첫날, 강 여사는 완전 초보였기 때문에 한 줄 수평 그리기 연습만 하면서 분위기도 파악할 겸 한국화반에서 나오는 수다들에 계속해서 귀를 기울였다. 재미있는 내용도 있었고 나이에 관계없이 격식을 벗어난 자유로움이 느껴지는 대화들도 많았다. 그러나 이런 내용들은 잠깐만에 지나가고 그 외는 본인들의 부의 수준과 소유하고 있는 물질에 대한 내용들도 제법 많았다. 그런 대화의 내용들은 강 여사의 기준에서는 조금 맞지 않는 불편한 느낌을 받았다. 문화광장이나 여성의 광장 등으로 불리는 이곳에서는 뭔가 배우고 싶은 사람들이 모이는 장소로 순수하게 바라보았기 때문일 것이다. 그런 장소에서는 누가 얼마만큼의 부를 축적하고 있는지는 관심사가 아니기 때문이었다. 강 여사의 기준 또는 프레임으로 볼 때 그랬다는 말이다. 게다가 대부분의 한국화반 기존 회원들은 오전반 수업이 끝나도 돌아가지 않고 그대로 남아 있었다. 한국화를 그린다는 핑계로 강의실에 계속 머물러 있었고 머무는 시간 동안 그곳에서 커피도 마시고 시간이 되면 간단하지만 점심 식사도 해결하는 것으로 보였다. 그러다 보면 아무래도 오후반 수업에 다소간의 지장을 초래할 수밖에 없을 것으로 예상되었다. 남에게 작은 피해도 주지 못하는 강 여사는 그런 점이 제법 불편하게 보였다. 더구나 그런 모습과는 달리 대부분의 대화 주제는 지난번 골프 라운딩이 어땠고 의류나 화장품 브랜드는 어떤 게 좋고 하는 것들이 많이 들려서 그분들의 처신과 대화 사이에 모순이 보였기 때문이었다. 한국화반의 첫날 보여준 당신들의 고매한 품격과는 관계없이 실제로는 지금 현재 움켜쥐고 있는 부의 크기가 여기에서도 타인들에게 자신을 나타내는 수단이 되는 모양이었다. 이 조그만 하나의 사회에서도 부의 크기가 역시 자신의 위치를 자리매김하거나 스스로 지금까지 살아온 삶에 대한 긍지를 표시해주는 구실이 되는 것으로 생각하시는 것 같았다.

사람 사는 곳이고, 그런 사회의 한 조직에 속하니 어쩔 수 없는 것일까? 강 여사도 나이를 제법 먹어서 사회와 사람들에 대한 이해가 좁은 편은 아니었지만 대화를 들어보니 그분들에 대한 폭넓은 이해보다 아쉬운 마음이 계속 들었다. 그렇게 한국화반 첫날이 지나가고 있었다.

생화 꽃병에 담기

우리들의
뒤늦은 인식 한 가지

    우리에게는 자신도 모르는 사이에 굳어진 인식들이 있다.

    오랫동안 가정과 학교 그리고 사회에서 누적되어 온 소위 프로그래밍된 그런 인식들이다. 그중에 노인을 바라보는 관점 역시 그런 범주에서 자유롭지 못하고 시대와 맞지 않는 듯하다. 우리가 나이 드신 분들을 바라볼 때에도 일종의 프레임이 우리들에게 있는 것 같다. 즉, 가난하지는 않지만 검소한 모습으로 인생의 원숙미를 가지고 부드럽고 온화한 기운으로 이웃과 주변을 돕고 보살피는 모습을 기대한다. 가끔 우리가 원할 때는 우리에게 삶의 지혜를 가르쳐 주시기도 하고 때로는 몸소 행동으로 보여주시기도 하시면서 스스로 당신들의 건강까지도 잘 보살피시면서 살아가는 모습들이다. 그래서 축적된 연륜만큼 이제는 우리 사회에서 정해진 어떤 물질적 기준에 더 이상 구속되거나 불편한 관계에 놓이지 않기를 기대한다. 그런 편향된 시선을 받지 않아도 되는 자유롭고 편안한 삶의 형태로 살아가시는 모습 등으로 일정한 이미지를 상정해 두는 것이다. 그러나 그것은 그분들의 의사나 그분들이 처한 실상에 관계없이 우리가 학습되어 온 모습일 뿐이다. 그리고 노인분들에 대한 중성적인 인식도 뿌리 깊게 프레임이 되어 있는 듯하다. 한 분 한 분이 모두 여전히 남성 또는 여성으로서 존중을 받아야 함이 마땅함에도 그러하다. 그런 소위 기존의 사회적인 시각에서 그 시대에서 이상적이라고 할 수 있는 모습의 프레임에 갇혀 있다 보니 강 여사도 불편한 마음이 먼저 올라온 게 아닐까?

  노인들을 대하는 우리의 인식은 핵가족 이전의 '농경사회'에 여전히 머물러 있기 때문에 놀랍도록 빠른 속도로 변해가는 고령화 시대와 단독 가구의 확장에 따른 시대의 변화를 따라가지 못하고 있는 것으로 느껴진다. 이렇게 변해버린 사회의 모습에 가장 당황스러운 사람은 바로 노인분들일 것이다. 누구나 예외 없이 언젠가는 노인의 대열에 합류하게 된다. 아직은 노인이 되기 전의 나이에 있는 우리들의 일반적인 기준으로는, 그 분들이 이제는 세상사에 초연하여 세속적인 부의 기준이나 번잡함은 벗어 던지고 담담하고 평온한 일상을 유지하시면서 살아가시기를 바란다. 그러면서 자신보다 어린 세대들을 잘 이끌어 주시는 모습들을 보기 좋게 그린다. 그러나 현실은 특히 아직도 대도시에 살고 계시는 대부분의 사람은 노인이 되어서도 세속의 기준에서 자유롭지 못했다. 내가 사는 집이 몇 평인지, 차는 외제차를 몰고 다니는지, 특히 자녀들의 직업은 무엇인지 등을 내세워야 체면과 위신이 서는 모양이었다. 그래야 함께 있는 분들로부터 인정을 받게 되고 또 한편 상대방에게 기가 죽지 않게 되는 방편이 되기도 하는 모양이었다. 그러면서도 가끔 이렇게 허술하게도 한국화반 수강 시간이 끝나면 막상 만만하게 갈 데는 별로 없는 것이다. 어찌 이런 허술함이 여기에서만 있을까? 아마도 여러 상황에서 발생하게 될 것이고 그때마다 혼란스럽고 당혹스러울 것이다.

지역 환경공단에서 운영하는 저렴한 파3 골프장을 독점하다시피 예약을 하고, 시에서 운영하는 수영장을 다니고 쇼핑도 자주 하시면서 평범의 범주는 벗어난 부를 여전히 유지하고 있는 것 같았다. 그래서 분명 일반적으로 평범한 동년배의 사람들보다 훨씬 여유 있는 삶을 즐기고 계셨다. 그럼에도 막상 지금 바로 자신들의 앞에 그분들의 의사에 관계없이 뚝 떨어져 놓여 있는 빈 자투리 시간에는 마땅히 갈 곳이나 있을 곳이 없는 것이다.

그러니 구성원들과 마음이 맞고 이미 어느 정도의 인정도 받고 있어서 자신이나 자식의 부를 과장되게 다시 설명하지 않아도 되는 이 집단이 편한 것이다. 그러니 이 집단속에서 함께 지내 온 편안한 사람들과 즐거운 시간을 공유하면서 그 자투리 시간에도 계속 유지하고 연장하고 싶은 것으로 보였다.

그러나 또 한편으로는 어찌 보면 이분들의 그런 사정들은 딴 나라 이야기처럼 들리는 노인분들이 사실은 대부분인 것이 우리의 현실이다. 전국적으로 4만명이 넘고 월 수입은 16만원 정도에 불과하다는 폐지 줍는 노인분들이 그렇다. 또한 최저 생계비도 없어서 경제적으로 어렵게 살아가시는 독거 노인분들에 대한 뉴스도 우리는 종종 보게 된다. 그리고 또 다른 모습들도 지하철을 타보면 바로 알 수 있다. 출퇴근 시간에 한눈에 딱 봐도 고령임에도 불구하고 옷가지류를 넣거나 또는 여러 소지품을 넣은 가방을 등에 메고 장거리 일자리로 바쁘게 이동하시는 분들이 아주 많다. 여유 있게 문화광장을 다니면서 취미생활을 할 수 있으면 좋겠지만 고령임에도 생업에 억척스럽게 매달리고 계신 분들이 참으로 적지 않은 것이다. 그나마 형편이 조금 나은 분들도 계시다. 경제적으로 그 정도로 힘들지는 않더라도 우리 주위에는 손자 손녀들의 등 하교를 책임지는 방법으로 아들 딸들의 경제적 활동을 지원하는 노인 분들도 많이 계시다. 그렇게 손자 손녀들의 등 하교를 부담하시면서도 잠깐 비는 자투리 시간에 산책을 즐기거나 수영장에 다니시는 분들도 많이 계신다. 그 바쁜 와중에 짬을 내어 건강까지 관리하시는 정말 부지런한 어르신들도 주위에는 많이 계신 것이다. 그나마 나은 모습이라 하겠다.

그런 사정을 보자면 이렇게 상대적으로 여유 있게 사시는 분들은 더 넉넉한 마음으로 이웃을 대하고 젊은 세대에게 양보하고 배려하여야 하지 않을 까 싶은 마음이 드는 것이다. 비록 본인의 인생에 부침이 없었고 또 정말 열심히 살아왔기 때문에 또는 물려받은 재산들이 있어서 그런 정도의 부와 여유를 가졌다 하더라도 말이다. 물론 이렇게 경제적으로 여유가 있다는 이유만으로 동년배나 젊은 세대들에게 무조건의 양보와 이해를 해야 할 논리나 근거는 사실 없다. 하지만 우리네 일반적인 정서상으로는 그것이 가진 사람들의 미덕이기 때문이다. 어쨌든 서울은 물론이고 지방에서도 나이 드신 분들이 쉬거나 여가를 즐길 수 있는 장소는 워낙 없다. 겨우 오래전부터는 전국에 콜라텍이란 것이 생겨서 나이 드신 분들이 즐거움을 나눌 공간이 생겼다고 했다. 그러나 그곳을 찾는 분들은 성향상 상당히 사교적이거나 댄스를 할 줄 아는 소수의 분들이거나 상당히 제한적이었다.

강 여사는 대화를 듣다 보면 답답한 마음이 생겼다. 그래도 이런 문화적인 공간에서 시간에 제한없이 나이 드신 분들이 조금 더 여유롭게 쉬기도 하면서 하고 싶은 것들을 계속할 수 있는 공간을 국가나 사회가 별도로 만들어 제공하면 좋겠다고 생각했다. 그러면 저렇게 자투리 시간이 남는 노인들이 덜 방황하고 덜 외롭지 않을까 하는 생각도 들었다. 좋아하는 그림을 그리고 책도 읽고 중간중간 건강하게 수다를 떨면서 무료하지 않게 보낼 수 있으면서 저렴한 비용으로 가볍게 한끼 식사도 할 수 있게 된다면 대한민국의 노인분들은 더욱 건강해지실 것이다. 그리고 그렇게 되면 자연히 노인분들의 사회적 역할에 대한 순기능도 따라올 것이다. 그 결과 궁극적으로 정부가 세금으로 부담하는 의료비 지출도 훨씬 줄게 될 거라는 생각까지 들었다. 이런 문화광장에서 노인분들이 편하게 자신들이 좋아하는 취미생활이나 하고 싶은 작업을 좀 더 느긋하고 원하는 시간만큼 계속하면 좋겠다. 그러면서 마음이 통하는 사람들과 중간중간 일상적 대화를 편하게 할 수 있는 공간이 더 많이 생겼으면 좋겠다.

더불어 값싼 수영장이나 접근이 편리한 파3 골프장이나 게이트볼 구장도 더 많이 생겼으면 좋겠다. 동시에 낮 동안 생업에 종사하시느라 시간이 제한된 분들에게도 맞춤형 복지 지원과 문화시설이 당연히 뒷받침되었으면 더 좋겠다.

곧 노인인구가 천만인 시대가 다가온다. 우리 모두가 지혜를 모아 순기능을 가진 제도와 시설을 확충해 나가야 할 때가 왔다. 이제부터라도 현대사회를 살아가는 노인들의 문화를 더 많이 연구해야 한다. 그분들 각자의 의식에 따라 또는 부의 계층에 따라 또는 도시와 농촌에 따라 상당히 복잡하며 그 그룹별로 무엇이 중요하고 무엇이 필요한지 알아야 한다. 그래서 수요가 많은 부분에 대해서는 적극적으로 문화적 기회를 제공하고 건강한 사회를 위해 맞춤형 운동도 즐길 수 있는 기회를 다양하게 제공하는 것 또한 중요하다. 경제적으로 취약한 상태에 놓여서 생산적인 일에 계속해서 종사하기를 원하시는 분들에게는 그 길도 다양하게 열어주는 것이 필요하다. 이렇게 상시적으로 사회적인 여러 통로를 열어두는 것이 그 분들을 건강하게 배려하는 하나의 방법이 될 것이다. 그렇게 함으로써 우리 사회는 모든 세대가 좀 더 화합하고 어울려서 살아가게 될 것 같다. 바야흐로 노인 인구 천만 시대를 맞아 노인의 숫자를 투표수로 헤아리는 몰상식함으로 투표권에 비례한 단발성의 정치적 지원은 지양되어야 한다. 좀 더 다양하고 심도 깊은 사회학자들의 연구에 따라 노인들의 복지 정책을 수립하는 것이 현명하다.

한편, 고령화 시대지만 젊은 세대들에 대해서도 상대적 소홀함이 없어야 한다. 모든 세대에게 정의롭게 배분된 지원이나 맞춤형 지원들이 적절하게 뒤따라야 할 것이란 생각도 들었다. 특히, 젊은 세대들에 대한 주거와 양육의 문제에 대한 지원은 세대에 관계없이 우리 모두가 한 발 양보하는 미덕이 필수적이다. 우리 사회는 이미 고령화 시대로 접어들었다. 노인분들에 대한 기존의 프레임을 우리 스스로 바꾸고 새로운 관념을 적극 수용하면서 한정된 재원이지만 지혜로운 지원이 절실한 시점이 되었다. 노년의 건강한 사회적 역할을 만들어가는 것에 정치적 구호로만 그치지 않기를 바란다. 표 수집을 위한 일회성 이벤트가 아니라 심도 있는 토론과 청취를 통해서 현실이 반영된, 정말 노인분들이 원하는 정책들이 쏟아져 나오기를 기대해 본다.

그러나 이러한 기대와는 다르게 현실이 흘러가고 있는 듯해서 요즘 들어 강 여사에게는 정말이지 정치가 중요한 시대라는 생각이 자꾸 들었다. 왜냐하면 어찌된 일인지 문화광장 대부분 과목의 수강 배정 시간은 종전보다 오히려 줄어들고 있었기 때문이다. 수강 분야와 수강 시간의 배분이 좀 더 확장되기를 기대하고 있었던 강 여사와 모든 수강생 에게 아쉬운 소식이었다. 수년간 코로나 대응으로 인한 막대한 공공지출 때문에 정부 지원 예산이 줄어서 축소 운영이 부득이하다는 말만 들어야 했다.

오호, 통재라! 확장이 필요한 시기에 오히려 축소되고 있으니 수강 등록을 위한 경쟁률은 더 치열해질 것이고 인심은 사나워질 것이 뻔해서 강 여사는 답답했다. 정치인들은 이 땅의 중 장년을 포함하여 노인분들에 대해서도 그 복지 분야를 세심히 보살피고 배려해 주시기를! 모든 계층이 허리를 졸라매야 하는 그런 위기의 상황이 아니라면 부디 시대에 역행하지 말기를 바라면서 주 2회에서 1회로 줄었지만 오늘도 강 여사는 열심히 배우고 익히며 친구들을 사귀고 있다. 그런 부산스러운 생각 속에서 세 번째 수업을 간 날 어떤 이가 찾아와서 인사를 나누었다. 다행스럽게도 동갑이었다. 저쪽에서 먼저 강 여사의 나이를 짐작하고는 친구하자고 찾아왔던 것이다. 성격은 차분하면서도 먼저 친구하자고 손을 내밀 정도로 긍정적인 사고를 가진 사람이었다. 그러면서도 자신이 가진 것들에 대한 나눔의 따뜻한 마음도 가지고 있어서 그 친구는 자기가 가지고 있었던 여분의 한국화 물감 재료를 공짜로 강 여사에게 주었다. 강 여사는 본인의 양재 기술로 만든 한국화 작업용 옷 두 벌을 감사의 뜻으로 답했다. 재정적 지원이 부족한 현실의 문화 광장이라고 해도, 지금 당장 기막힌 지원 정책을 기대할 수는 없는 상황이라고 해도 무엇인가 나눌 것이 있고 마음을 주고받을 수 있는 친구가 있다는 것은 우리에게 얼마나 멋진 일인가?

먼저 말을 건네 온 그분의 용기에 감사의 박수를!

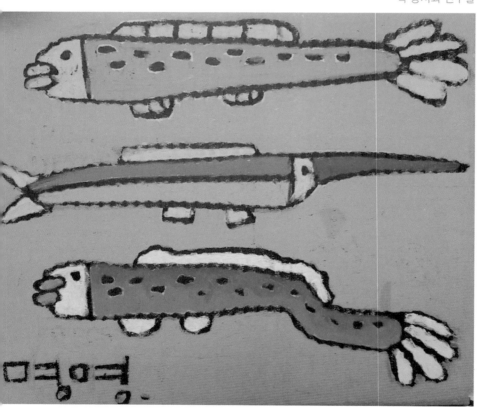

내가 가진
언어 선택권

　외출하기 좋은 따뜻한 날씨가 계속되고 있었다.

　오랜만에 미술반에서 한 분기 마지막 수업에 참석해서 그림을 그리다가 수다를 떨다가 즐거운 시간을 보내고 있었다. 그때 선생님이 분기 마지막 수업이기도 하고 날씨도 좋으니 실내 수업은 이만 끝내고 근처 카페에서 차 한잔하는 사치스러운 시간을 가져 보자고 말했다. 이어서 선생님이 한턱 내겠다고 하자 모든 미술반 수강생들이 유치원 아이들처럼 좋아라 했다. 근처 카페에 도착해서 각자 좋아하는 차를 시켰고, 강 여사는 좋아하는 아이스 아메리카노를 선택했다. 커피를 좋아하지 않는 재영씨는 한참을 고민하다가 유자차를 한잔 시켰다. 모두 차 한잔을 즐기면서 이런 저런 수다 삼매경에 빠졌는데 재영씨만 조금 불편한 얼굴이다. 재영씨가 주문한 유자차가 조금 시큼한 맛이 나면서 유자차 본래의 맛과 향이 없었고 그래서 재영씨 입맛에 맞지 않았던 것이다. 깔끔한 성격에 검소하면서도 딱 부러지는 면이 있는 재영씨는 환불을 받을 생각으로 카페 종업원에게 유자차를 들고 가서 말했다.

"이 유자차가 상했는지 시큼해서 더 이상 마시지 못하겠어요" 이렇게 말하면 대부분의 종업원이나 카페 사장은 "아이구 미안합니다 다른 차로 바꾸어 드릴까요?"라는 응답이 나오는 것이 통상적이다. 재영씨도 그것을 자연스럽게 기대하였고 그러면 환불을 요구할 계획으로 갔지만 재영씨의 기대는 여지없이 무너지고 말았다. 그 카페 종업원은 재영씨 이상으로 대담한 성격이었던 거 같다. 그렇지 않아도 재영씨의 삐딱한 어투와 표정이 불편했던 그 종업원은 "그럼 그거 반납 테이블에 그냥 두세요"라고 말하고는 뒷말도 없고 자기 할 일만 할 뿐 더 이상 대응하지 않는다. 재영씨 눈썹이 즉각적으로 올라 갔지만 기분 좋은 자리를 만들어 준 선생님 눈치를 보느라 그냥 꿍 하고 참을 수밖에 없었다.

재영씨의 숨기지 못한 가벼운 한숨이 그 모습을 모른척하면서 구경하는 일행들의 수다에 떠밀려서 카페 바깥의 마당으로 날아갔다. 그리고 재영씨의 절약 정신은 성과 없이 허공으로 흩어지고 있었다. 재영씨가 상냥하게 어필했으면 환불을 받을 수 있었을까? 가는 말이 고우면 오는 말도 항상 고울 지 그것은 가끔 상황이나 상대에 따라서 모를 일이 되기도 하는 것 같다. 확실히 크든 작든 대립적 분위기속에서는 공감적 대화를 유지하기는 쉽지 않은 일이 분명하다. 강 여사는 카페 종업원에게 작은 컵을 하나 달라고 하여 아이스 아메리카노를 조금 따르고 재영씨에게 웃으며 권했다. 다행히 의문의 일패를 당한 재영씨가 뒤끝없는 시원한 성격 답게 더 이상 분위기를 흐리지 않았다.

내가 행복해지려면 부정적인 단어를 줄이고 긍정적인 단어를 늘려야 한다고 한다. 그리고 다행인 것은 우리가 선택할 수 있는 단어는 모두 무료이며, 우리 주체적으로 단어를 선택하는데 우리의 마음 이외에는 어떤 장애도 없으니 매사 긍정적으로 살 일이다. 어쨌든 재영씨는 강 여사에겐 참 착한 동생 같은 사람이다. 바쁜 가운데에서도 지인이 수확한 친환경 포도를 강 여사도 맛보라고 밤 10시 넘은 시간에 직접 운전해서 가져다 주는 다정 다감한 성격을 지녔다. 가진 것을 나눌 줄 아는 그리고 그것을 귀찮아하지 않는 좋은 사람인 것이다.

봄 맞이 가지치기

유기견 반지와 강 여사의 행복 동행

강 여사의
아픈 여름 추억들

　이제 날씨는 여름의 한가운데 딱 서서 더위를 맹렬하게 과시하고 있던 금요일 밤이었다. 재영씨와 미술반에서 만나 그림을 조금 손보다가 끝나고 제과점에서 커피와 빵을 먹으며 수다 삼매경에 빠졌다가 평소보다 조금 늦은 시간에 귀가한 날이었다. 낮 동안에는 일기예보와 달리 기대했던 비가 내리지 않았고 초저녁 무렵에야 강 여사의 몸을 무겁게 짓누르던 습도를 씻어 내리는 소나기가 짧게 내렸다. 강 여사가 낮 동안 더위와 습도에 지친 몸을 에어컨 바람 아래 누이고는 잠깐이지만 까무룩 설잠이 들었다. 그렇게 스콜처럼 잠깐 내린 비가 그치고 저녁 9시 무렵이었다.

　강 여사의 남편이 또 사고를 쳤다. 남편은 여름이면 가끔씩 이런저런 이유로 에어컨을 꺼버리고는 했다. 그 시간 비가 그친 듯하여 강 여사의 남편이 바깥 기온을 검색해보니 22.4도였다. 절약 정신이 너무 투철한 강 여사의 에어컨 설정 온도는 평균적으로 24도에서 25도이다. 강 여사의 남편은 좋은 마음으로 강 여사가 잠깐이라도 자연 바람속에서 시원하게 자면서 피로를 풀기 바라는 마음으로 에어컨을 끄고 창을 열었다. 그러나 5분도 안 돼서 무거운 습도 때문에 강 여사는 잠에서 깨어났다. 이번 여름 내내 불쑥 불쑥 일어나는 갱년기 열감으로 특히 힘겨워했던 강 여사는 남편이 나름 차분하게 설명하는 부가적인 말들이 귀에 들어오지 않았다. 강 여사 남편의 예상과 기대와는 달리 바깥의 기온은 조금 떨어졌지만 여전히 습도가 높았다. 그런 까닭에 시원하리라 예상했던 바람에는 눅눅한 습기가 달라붙어 떨어지지 않고서 강 여사의 온몸을 휘감으며 매달리면서 짜증을 부리고 있었기 때문이었다. 그러면서 이 불쾌한 기운은 강 여사의 뇌까지 순식간에 침범하여 강 여사의 의지와 관계없이 불쑥 여름철마다 고생했던 온갖 기억이 저절로 떠올랐다. 그리고 폭발 직전의 임계치에 다다른 감정을 또 억누르려고 하는 마음이 오히려 더 가중되면서 속에서 치고 올라오는 울화는 강 여사의 한 가닥 이성을 무너뜨렸다. 갑자기 소환된 여름날 힘들었던 기억들과 그때의 나쁜 감정들이 통제를 잃은 당나귀 등에 올라타고 온 집안을 마구 달려대고 있었다. 그 순간에는 요즘 열심히 듣고 배우며 말씀 하나하나를 가슴에 새기던 법륜 스님도 강 여사의 머리에서 이미 멀리 도망가고 없었다.

아! 법륜 스님도 어떻게 하지 못하고 비겁하게 도주하고 마는 갱년기의 호르몬 작용과 온몸을 칭칭 감아대는 습도로 인해 날뛰는 오춘기의 당나귀를 평범하기 그지없는 남편이 어떻게 고삐를 붙잡아 진정시키고 제자리에 있게 할 수 있을까! 급기야 신혼 시절부터 힘들었던 여름날들의 불쾌한 추억들이 강 여사의 의사와 의지에 관계없이 파노라마처럼 의식을 지배하기 시작했다. 남편은 처음엔 계속 오해를 풀려고 하다가 결국 지쳐 떨어져 나가게 될 지경에 이르렀다. 논리와 이성으로 대하지 않고 그 감정의 기본 바탕에 제대로 공감한다는 게 어디 평범한 남편이 쉽게 할 수 있는 일이든가? 법륜 스님도 이미 도망가버린 정도인데!

강 여사와 남편이 결혼을 약속했을 즈음에 두 사람의 양가 모두 살림이 넉넉하지 못했다. 그래서 두 사람은 결혼식을 올리고 새로운 삶을 위해 출발할 때부터 평범한 범주에도 속하지 못할 정도로 아무것도 가진 것 없이 신혼 생활을 시작했다. 그것도 남편이 군복무를 끝내기 전이어서 전방에서 군 생활을 하면서였다. 그러나 가난하게 시작했지만 두 사람 모두 그런 점을 이미 서로 잘 알고 있었고 각오도 했던 상황이어서 가진 것이 없어도 미래의 꿈이 있었다. 그래서 두 사람은 내내 밝았으며 신혼 초기에는 소꿉놀이하는 아이들처럼 행복했었다. 그야말로 앞으로 점점 나아지리라는 희망을 부여잡고 서로 의지하며 살았던 시기였다. 다행히 최전방 아래의 마을에서 살았고 대부분의 사람이 직업 군인이거나 군 관계자여서 자신을 자랑하고 다니는 부자들도 별로 없었다. 모두가 겉으로 보기에는 고만고만하여 서로를 챙겨주는 좋은 분위기였다. 계급 사회이지만 강 여사의 남편은 일정 기간 근무하고 제대할 예정이어서 두 사람 모두 군대의 계급문화에 크게 신경 쓰지도 않았다. 그리고 그럼에도 남편의 직속 상관은 주거지의 불편함을 해소하여 주기 위해 관사 제공을 비롯하여 많은 것을 배려해 주었고 여러 가지 도움을 아끼지 않았으며 강 여사 가족을 친형제 이상으로 보살펴주었다. 강 여사 내외가 지금도 그 감사함을 결코 잊을 수 없는 은혜였다. 강 여사는 그곳에서 딸을 낳았고 육아를 시작했다. 군대를 제대한 이후 남편은 부지런하고 당시에는 취업의 기회도 적지 않은 편이어서 바로 취직을 했다. 당장은 여전히 경제적으로 어려웠지만 차츰 나아질 미래를 상상하면서 남들을 부러워하지 않고 즐겁고 행복하게 살았었다.

그러나 딸아이를 출산한 이후부터, 정확히는 출산하고 제대 후 도시로 이전하여 살게 되면서부터 그렇게 담담하게 세월을 기다리면서 살아가기가 힘들었다. 제대 후 대도시로 이사를 하고 나서야 현실을 제대로 깨닫게 되었다고나 할까? 아이의 건강을 지켜야 했고 최소한 남들과 비슷한 환경을 내 소중한 자식에게 주고 싶은 모성애가 발동되었기 때문이었다. 그러나 딸아이 또래의 아이를 가진 주위의 이웃들보다 워낙 경제적으로 가진 거 없이 시작했다 보니 마음만 조급해지기 일쑤였다. 그 이웃들과 최소 비슷한 수준으로는 따라가고 싶은 그런 강 여사의 마음과는 달리 언제나 비교는 슬픔을 불러왔고 이웃의 경제 수준을 따라잡기는 너무나 요원해 보였다. 그러다 보니 강 여사는 남편과 합의하에 딸 하나, 외동딸을 키웠다. 남편은 상대적 빈곤감과 그로 인한 박탈감 따위를 내 소중한 자식과 아내에게 주고 싶어하지 않았고 단호하게 둘째는 포기했다.

그때로부터 이미 30년 이상 지났지만 2023년 보건복지부가 '무자녀 부부'인 12쌍과 저출산의 원인에 대해 담화를 하였을 때, 그들이 꼽은 첫번째 무자녀 주요 원인은 여전히 '경쟁적인 사회 분위기'였다. 대화 중 한 참가자가 말하기를, 산후조리원 수준부터 시작해서 그 아이가 취업하고 결혼하기까지 무한 경쟁과 끝없는 비교에 부모로서 참전할 자신이 없다고 솔직하게 말했다. 학교의 다소 비싼 여행 행사에 참석하지 못하면 '개근거지'가 되고, 등 하교를 해주는 아이 엄마들이 아이의 기가 죽으면 안 된다는 이유로 고급 외제차를 할부로 무리하게 구입하는 등의 사례는 극히 일부적이다. 자녀의 학교 성적부터 그 모든 것을 부모의 성적표로 간주해 버리는 우리사회의 문화는 이미 너무 멀리 와 있고 너무 심각하게 비틀어져 있다. 종교계를 포함하여 진정한 어른들이 나서서 그 잘못된 생각과 문화를 바꾸어 나갔으면 좋겠는데 솔직히 그 답은 보이지 않는다. 우리 사회의 무한 경쟁의 종착역은 어디쯤일까?

강 여사의 경우에도 예외가 될 수 없었고 외동딸에게 남만큼은 제대로 해주고 싶었다. 딸은 자신이 가진 능력도 의기양양한 모습으로 강 여사 내외에게 보여주었다. 딸이 네 살쯤 되고 강 여사가 조기 영어 교육의 화두에 빠져 있을 때 남편이 직접 문제를 해결해 주겠다고 두 팔을 걷어 부쳤다. 그 중에 하나로 딸에게 영어 동화 구연을 암송시켰는데, 동화의 전체 문장을 일주일, 힘들고 긴 문장들일 때는 이주일 만에 완전히 암기했다. 단지 카세트 테이프만 여러 번 듣고서 외국인 성우가 발음하는 것과 똑같은 발음과 리듬으로 강 여사 내외를 앞에 두고 발표하여 두 사람을 감탄하게 만들었다. 그러나 그런 것들이 강 여사에게 트리거로 작동할 줄은 남편도 당시에는 몰랐다. 딸의 재능을 발견하고 계속해서 그 재능을 키워줄 이름 있는 비싼 학원에 보내는 것 등은 당장 추가로 빚을 내지 않고는 해결책이 없었다. 그러니 강 여사의 스트레스는 해소되기 어려웠고 포기하거나 가라앉기는커녕 시간이 지날수록 커져갔다. 결국 강 여사는 컴퓨터관련 자격증을 추가로 취득한 후 생업 전선으로 뛰어들었다.

남편은 장거리 출퇴근을 했고, 강 여사는 육아를 하는 한편 프리랜서로 시간을 쪼개서 경제활동을 하였다. 이웃과의 경제적 갭을 줄이고자 열심히 바쁘게 뛰어다녔다. 남편의 자기 고백에 따르면 그 당시에 남편은 강 여사를 오해했다고 한다. 딸을 핑계로 댔지만 사실은 본인이 사회 경제적 활동을 하고 싶어서 일을 시작한 것이라고 그때는 생각했다고 한다. 하지만 한참의 세월이 흐른 뒤에 남편은 강 여사에 대해 오해하였음을 인정하지 않을 수 없었다고 스스로에게 고백했다. 어쨌든 두 사람 아니 딸까지 세 사람에게 힘들고 바쁜 고난의 행군이 시작된 시기였다.

그러던 어느 여름날 하필이면 그해 여름철에 먼 지방에 계시던 강 여사의 시부모님께서 올라오셨다. 선풍기 한 대로 16평 규모의 바람도 잘 통하지 않는 작은 주택에서 어서 이 더위가 지나가기 만을 기다리던 중이었다. 막내인 남편을 끔찍하게 사랑하셨던 시어머니께서는 겨우 일주일도 못 계시고 떨어지지 않는 발걸음으로 귀향하셨다. 그러나 그 당시에 말도 못할 정도로 심했던 더위와 시어머니 봉양과 딸아이를 챙겨야 했던 일주일간의 악전 고투는 가끔씩 이렇게 더운 여름마다 강 여사의 뒷덜미를 채고는 이리저리 끌고 돌아다녔다. 그리고 강 여사의 체력이 완전히 방전되어서야 겨우 놓아주었다.

어디 그뿐이랴 그 후에도 에어컨 없이 선풍기 두 대로 여름을 견디어 나갈 때 이 여름의 더위와 열대야는 남편과 아이의 건강을 위해서 강 여사가 마지막까지 목숨을 걸고 밤새워 한판을 벌여야 될 불구대천의 원수 같은 존재였다.

원래 강 여사는 여름을 싫어하지 않았다. 그러나 이런 경험들이 쌓이다 보니 점점 더 여름은 버티고 견뎌내야 하는 무서운 기간으로 인식되어졌다. 그렇게 여름 철 더위는 강 여사를 매년 몰아 부쳤고 숨 막히게 만들었다. 이제는 굳이 그렇게 하지 않아도 되었다. 그럼에도 전기료 절감을 위해서 에어컨 가동은 최대한 늦게 그리고 그 가동 기간은 최대한 집중해서 짧게 했다. 그러나 일단 가동하면 절대로 중간에 끄지 않아야 하는 것이 강 여사의 여름철 에어컨 특별 가동 지침이었다. 남편도 예외 없이 준수해야 하는 행동강령이었다. 그런데 그런 지침을 깜박한 남편이 강 여사를 위한다는 명분은 있었지만 겁도 없이 에어컨을 꺼버린 것이다. 바깥 기온이 어떻고 하는 남편의 말이 강 여사 귀에 들어오기는 했겠는가? 폭발하지 않고 꾹꾹 눌러 참고 있는 것만 해도 용한 상태였다.

남편에게도 사연이 없지는 않았다. 군대를 제대하고 직장에 다니던 시절, 남들처럼 에어컨이 있는 쾌적한 아파트에서 살지 못하고 아내와 아이를 좁은 평수의 주택에서 살게 하고 있는 자신의 못난 처지에 미안해했다. 그래서 자존심 상하는 스스로의 능력이 본인에게는 다가오는 여름철의 어떤 더위보다 사실은 내적으로 힘들었다. 그러면서도 조금만 더 참고 지내면 가족들에게 에어컨이 있는 좋은 환경을 줄 수 있을 거라고, 여름철 전력 수요가 최고를 경신할 때마다 의지를 더욱 불태워 왔다. 하지만 자영업자도 아니고 직장인을 직업으로 선택하였으니 좋은 환경을 주고 싶은 의지는 좋았지만 시간은 당연히 더디게 갈 수밖에 없었다. 그런 남편에게 과거 십년도 훨씬 더 지난 어느 해 특히 더위가 극성이었던 여름 날, 시 부모님들은 지방의 소도시에서 에어컨 없이 선풍기로 버티다가 노쇠한 몸으로 더위를 이겨내지 못하고 결국 그해 가을에 남편의 부친이 돌아가시는 아픔을 겪게 하기도 하였다. 연로하시기도 하였지만 그해 여름은 무척 더웠고, 그래서 강 여사 남편은 아직도 더위가 주원인이 되어 조금 더 일찍 돌아가시는 계기가 되었다고 생각하는 듯했다. 두 사람 모두 여름에 대한 나쁜 추억이 그렇게 감추어져 있었다.

자화상 2

에어컨은 켜 둡시다,
평화를 위해

    강 여사 내외는 매년 여름이 오면 어서 빨리 여름이 지나가기 만을 기다리게 되었다.

    두 사람 모두 가슴 아픈 여름철 기억들이 따로 있었지만 상대방을 배려하느라 솔직하게 말하지도 못했다. 바캉스 시즌이 오면 애써 고개를 돌렸고, 가족 여행을 가더라도 이른 여름철이나 초가을을 주로 이용했다. 어쨌든 그동안 두 사람은 열심히 절약하고 모아서 이제는 에어컨도 있고 나름 더 이상 남부럽지 않은 평수의 쾌적한 아파트에 살고 있지만 매년 여름마다 에어컨 가동 문제는 두 사람을 힘들게 했다. 강 여사의 절약 정신을 잘 아는 남편이 실랑이 끝에 강 여사 계획보다 먼저 에어컨 가동 일자를 당겨서 에어컨을 켜 놓았지만 그럼에도 적절한 가동 타이밍보다 항상 늦었다. 그나마 그건 남편이 잘한 결정이고 행동이었다. 그렇지 않고 강 여사에게 맡겨 놓으면 결국 강 여사가 자신도 모르게 한번 더위를 먹어야 그때부터 에어컨을 가동시키니까.

    매년 여름이 되면 집에 친척이나 손님이 오는 경우를 제외하고 강 여사는 에어컨을 최대한 늦게 가동하려고 했다. 남편은 그런 강 여사를 지켜보다가 강 여사가 더위에 힘들어하는 기색을 보인다 싶으면 강 여사 몰래 에어컨을 강제로 가동시켰다. 그런데 그렇게 한 것 까지는 '참 잘했어요.' 도장을 받을 자격이 충분히 있었는데 그 후 남편은 외부 온도가 좀 내려갔다 싶으면 또는 새벽이나 아침 시간에 강 여사 모르게 여지없이 한두 시간씩 에어컨을 꺼 버리곤 했다. 물론 사실 남편의 행동은 전기료를 아끼기 위해서가 아니라 아내 건강을 위하는 방법이라고 생각했기 때문에 강제로 환기를 시키는 정도였지만 말이다.

강 여사는 에어컨 가동 시기는 최대한 늦추려고 더위에 버티지만 그러나 막상 에어컨을 가동하기 시작하면 모순적이지만 바깥 기온이 어지간히 떨어져도 에어컨 없이 살아가는 것이 힘들었다. 강 여사의 의사나 의지에 관계없이 강 여사의 몸이 이겨내지 못하고 어느 순간 온몸은 무기력해져 버렸기 때문이다. 그냥 좀 평범하게 에어컨을 가동해도 전기 요금은 부담스럽지 않게 나왔건만 이렇게 두 사람은 에어컨 가동에 항상 자유롭지 못했다. 그래서 요즘도 겨우 더위와 열대야가 기승을 부리는 한 여름의 한 달 정도 기간에 집중해서 에어컨을 가동하는 정도였다.

여름이 지나가는 9월경 전기료 고지서를 보면서 가정의 경제를 살리고 국가의 전력 수요가 피크에 도달하지 않도록 하는 캠페인에 적극 협조한 결과로 마치 표창장을 받은 학생처럼 두 사람은 그 성과에 만족해 하였다. 그리고 서로를 격려하였지만 그건 여름이 지나간 다음에 뒤늦게 두 사람에게 찾아오는 소소한 행복의 순간이었다. 결혼을 해서 아들을 키우는 딸아이의 경제력은 당연히 강 여사에게 아직은 비교할 수조차 없다. 그러나 젊은 세대 답게 시스템 에어컨이 가동되는 집에서 거의 하루 종일 에어컨을 가동하며 살고 있다. 그 모습을 보면서도 강 여사 내외는 마치 우리도 그렇게 하면 뭔가 지금의 행복 중에서 하나라도 잃어버리게 되지나 않을까 하는 조바심을 느끼며 살았던 거 같다. 어쨌든 남편은 에어컨을 가동하는 중에도 바깥 기온이 떨어지면 실내 환기를 한다고 종종 에어컨을 끄고는 했다. 소위 여름철마다 TV에 출연하는 관련 전문가들의 충고를 받아들인 적극적인 행동이었다. 그러나 이번에는 강 여사의 몸과 마음이 그걸 받아들일 수 없는 지경에 있었던 것이다.

남편은 어서 빨리 바깥 기온에 대한 정확한 온도는 물론 습도 등 사람의 인체에 영향을 미치는 변수들에 대한 데이터를 정확하게 보여주는 신제품이 개발되었으면 좋겠다고 말했다. 이에 더하여 에어컨 가동 여부에 대해 손쉬운 결정을 할 수 있도록 정보를 알려주는 제품이었으면 했다. 상대를 바라보기만 해도 신체 컨디션의 수준과 적정 에어컨 가동 여부 및 설정 온도까지 바로 알려주는 계측기 같은 것 말이다. 그러면 굳이 환기한다고 임의로 에어컨을 끄지는 않을 테니까 하면서 투덜대었다. 남편도 갱년기에 있는 여성들의 신체 컨디션이 종잡을 수 없을 정도로 급격하게 변한다는 것을 이제는 알면서도 미안한 마음에 하는 말이었다.

한편, 남편의 책상은 에어컨과 겨우 1.5미터 가까운 거리에 놓여 있었다. 여름에는 그 책상을 자주 사용하지는 않지만 선풍기 바람도 맞바람은 반드시 피하는 사람인데 에어컨 바람은 그 가동 소리까지 좀 성가시면서 귀찮고 싫었을까? 어쨌든 누구에게도 보상받을 수 없는 우여곡절의 힘든 감정적 소비를 한 후에 두 사람 간의 에어컨 소동은 겨우 가라앉았다.

그날 인터넷 포탈 뉴스 기사에 '에어컨으로 인한 부부 이혼'이라는 제하의 기사가 검색되었다. 강 여사가 읽어 보니 2023년 8월에 재혼 전문 결혼 회사가 돌싱 남녀 536명을 대상으로 설문 조사한 결과, 이혼을 한 사유가 남성의 경우 29%가 휴가지 선정 문제로 인한 말다툼, 여성 31%는 에어컨 가동문제로 인한 말다툼이었다. 남자와 여자의 경우가 바뀐 사례도 있겠지만 남성들은 여성들이 겪는 더위 문제를 잘 모르고 여름철에 에어컨을 수시로 끄면서 그것이 다툼이 되고 이렇게 이혼으로까지 가는 사유가 된다는 것이다.

남성들이여 사랑하는 아내와 이혼당하지 않고 행복하게 살고 싶다면 여름철에 자린고비라는 누명을 덮어쓰지 말자. 그리고 가족의 건강을 위해서 환기를 하고 싶은 욕망도 참고 이겨내도록 하자. 소위 지금까지의 관련 전문가들의 충고나 절약 팁 같은 소리도 싹 다 무시하자. 전력수요의 피크를 염려하는 공익광고도 보지 말고 에어컨을 24시간 쾌적한 온도로 유지해서 아내를 더위로부터 안전하게 만들어 주자. 혹시라도 에어컨이 아닌 자연의 바람을 느끼고 싶다면 혼자 또는 아이를 데리고 밖으로

나가서 야외 활동을 하자. 그래서 아내가 머물고 있는 집은 쾌적함이 항상 유지되도록 에어컨은 제발 그대로 두자.

그리고 에어컨 전문가들도 이제는 효율적인 여름철 에어컨 가동 권고 방식을 좀 바꾸어 주시기를! 에어컨을 건강하게 가동하는 방법으로 고지식하게 모두에게 동일한 방식으로 가르치지 않기 바란다. 집에 갱년기에 있는 아내가 있거나, 사춘기에 있는 아이가 열이 많은 편이면서 성격도 급하거나 또는 몸에 열이 아주 많은 체질의 아내나 남편이 있는 집안은 전기를 절약하는 방법이 달라야 한다. 가족마다 에어컨의 적정 온도를 찾아서 여름철에는 그냥 계속 켜 두라는 조언 정도는 할 줄 알아야 전문가가 아닌가? 단순히 전력수요 예측치 같은 데이터를 들이대며 블랙아웃을 간접적으로 협박하지도 말자. 직접적인 전기료 상승 구간에 대한 경제적 비용만 따져서 공익 광고를 통해 선량한 시민들에게 전기 절약을 무조건 독려하여 힘들게 할 것이 아니다. 가정의 평화가 깨어지고 가족간 분란이 발생될 수도 있는 그래서 사회적으로 마이너스가 되는 간접 비용 또한 반드시 고려해야 하지 않을까? 생산적인 대화나 예의 바른 경청도 무더위 아래에서는 기대를 하지 말자. 에어컨은 아니더라도 시원한 나무 그늘 정도의 환경이 조성될 때 우리들의 대화도, 경청도 예의가 생기고 긍정적인 피드백을 기대할 수 있지 않을까?

고삐 풀린 당나귀가 강 여사 내외를 온통 뒤흔들어 버린 다음 남편이 겨우 정신을 차리고 에어컨을 다시 켰다. 그리고 적당한 시간이 지나간 후 그제서야 거실이 시원해지면서 강 여사의 몸과 마음도 차분하게 제자리를 찾았다. 통제를 잃고 날뛰던 당나귀는 자기 자리로 돌아가서 가만히 졸고 있었고, 긴장이 넘쳐 흘렀던 그 순간에 남편에게 아무런 도움이 되지 못했던 법륜 스님도 돌아와 강 여사의 방에서 가부좌를 한 채 명상에 잠겨 있었다. 남편이 잠시 째려봤지만 모른 척하고 있었다.

  짧지 않은 시간 동안 악전고투를 마친 후 아무 말도 못하고 쓰러져 자고 있는 남편을 보면서 강 여사는 남편에게 일방적으로 화를 너무 냈다고 자책했다. 이런 저런 어수선한 생각에 빠져들 때 강 여사 내외를 기습했던 한여름 밤의 열대야는 적정 온도로 가동 중인 에어컨 소리를 따라 가벼운 걸음으로 강 여사집에서 조금씩 멀어지고 있었다. 이번 여름에도 강 여사 내외는 열대야의 기습 공격에 속수무책으로 당했고, 승리의 깃발을 움켜진 열대야는 그렇게 당당하게 물러가고 있었다.

휴식 중인 남편

젊은 사랑,
곱창구이 집과 랭동 삼겹살 집

　강 여사는 장구반에서 신나게 장구를 두들긴 날 저녁, 남편과 함께 오랜만에 둘 다 좋아하는 곱창구이 집으로 외식하기로 하고 길을 나섰다. 집에서 두 블록 거리에 있는 그 곱창구이 집은 강 여사와 남편이 이 동네에도 하나쯤 있었으면 하는 곱창구이 집이었다. 그 가게는 거의 신혼 시기로 여겨질 만한 나이대의 젊은 부부 내외가 사장님으로 운영하고 있었다. 그리고 그 곱창구이 집 레시피는 처음부터 두 사람의 마음에 쏙 들었으며 맛도 좋았다. 남편의 팔짱을 끼고 걸어가면서 오늘 장구반에서 장구 장단을 정신없이 두드린 것들을 이야기했다. 수강생들의 체력을 끌어올리기 위해서 마지막 5분, 마지막 3분 하며 이끌던 장구반 선생님의 휘몰아치는 기운에 따라가다 보니 해낼 수 있었다고 자랑했다. 아직은 밝은 낮 기운이 어둠에 완강하게 버티고 있는 이른 저녁 시간에 남편의 손을 맞잡고 곱창구이 집으로 향하는 길이었다. 칭찬은 고래도 춤추게 한다더니 남편이 "그래도 마지막까지 호흡을 놓치지 않고 끝까지 장구를 두드렸다니 당신도 참 대단하오."라는 말에 강 여사는 괜히 기분이 좋아졌다.

곱창구이 집에는 이미 맛있다고 입소문이 많이 나서 인지 다소 이른 시간임에도 선객이 두 테이블이나 있었다. 지난번에 와서 곱창 2인분을 시켜 놓고 소주 한잔을 기울일 때 바로 뒤편 테이블에 여성 고객들이 앉아 있었다. 그 중에 한 분이 사장 내외에게 이렇게 맛있는 곱창 가게를 이곳에 열어 주어서 고맙다는 말까지 하는 것을 들었던 곱창구이 집이었다. 그때 강 여사와 남편은 곱창구이 취향이 비슷한 동류의 사람과 한 식당에 있다는 좋은 느낌에 서로 고개를 끄덕이며 무언의 사인을 웃음과 함께 주고받았다. 당연히 젊은 사장도 의기양양했으며 손님도 사장도 모두가 밝은 분위기속에서 좋아하는 음식을 즐기게 되니 훈훈하고 좋았다. 오늘도 그런 마음으로 기분 좋게 밝은 얼굴로 들어서는 강 여사와 남편을 보고 젊은 주인 내외는 종전처럼 반갑게 인사를 해왔다. 이미 강 여사 내외는 우연하게 개업 초기부터 온 손님들이었고 첫 날에 그 레시피가 훌륭함을 칭찬했었다. 그리고 그 젊은 사장님의 아내는 강 여사의 딸과 비슷해 보이는 나이여서 처음부터 강 여사 내외는 젊은 자영업자인 두사람을 아주 정감 있게 대해 왔기 때문에 안면은 벌써 익혀져 있었다.

그렇게 기분 좋은 인사를 나누고 자리에 앉아 음식이 나오기를 기다리고 있었다. 그런데 홀에서 서빙을 하고 있던 남자 사장의 표정이 갑자기 굳어지고 있는 것을 강 여사가 먼저 알아차렸다. 젊은 사람이다 보니 손님을 대하는 표정 관리가 한결같이 느긋하고 친절할 수 없는 어려운 점이 보였다. 강 여사 내외는 지난 번 방문 때 부터 얼핏 눈치는 채고 있었다. 그때는 그럴 수도 있지 하면서 넘겼었다. 가게로 들어오는 모든 손님들이 친절하고 이해심이 넓은 것은 아니다. 또한 우리나라 특유의 식당 안에서 빨리빨리 문화는 아직도 개선이 되지 않고 있다는 점을 주인이 아닌 손님 입장이라도 우리는 이미 잘 알고 있다. 그러나 손님 중에서 성격이 급한 누군가는 어디에나 있다. 갑자기 본인의 일행들과 함께 가게로 들이닥쳐서 가게 안이 바쁠 때라도 이에 관계없이 자꾸 자신의 주문을 독촉하는 이들이다. 또 바쁜 시간임에도 불구하고 사이드 메뉴를 추가로 여러 번 공짜 주문을 한다든가 하는 손님도 가끔 있었다. 이럴 때 강 여사 내외의 눈에는 여지없이 표정이 굳어지는 젊은 남자 사장의 얼굴이 보였다. 하지만 그 젊은 사장은 그런 딱딱해진 기운을 안으로 갈무리하여 자제하지 못하고 오히려 밖으로 은근히 표시를 내버렸다. 강 여사 내외를 포함한 다정한 손님들의 칭찬이 오히려 독이 되었을까? 체격도 제법 건장해서 특히 여성 손님들에게 약간의 위압감을 충분히 줄 수 있다는 것을 이 젊은 사장은 스스로 아직도 잘 모르고 있을 수도 있겠다. 아니면 오히려 그런 점을 알고서 손님들 중 일부 불만족스러운 사람들을 대상으로 은근히 과시하는 것은 아닌 지 의심이 들 정도로 모호했다.

잠시 동안의 시간이면 뭐 그럴 수도 있지 하는데 그날은 강 여사 내외가 앉아 있는 내내 이 젊은 사장의 굳은 표정은 좀처럼 펴지지 않고 있었다. 아마 어떤 불만스러운 점을 숨기지 않기로 작정한 듯하였고, 특정 고객에 대한 방어 내지 불필요하다고 여겨지는 고객의 추가 요구를 사전에 차단하고자 한 것인지도 모르겠다.

대부분의 여성이 그렇지만 강 여사는 이런 분위기를 특히 못 견뎌 하는 타입이었다. 편안하고 즐거움이 가득한 분위기여야 할 식당에 불한당 같은 손님이 있어서 분위기가 내내 험악한 상태에 놓일 때가 있다. 어떤 손님의 경우에는 너무 취해서 고성으로 대화를 나누고 있는 상황도 종종 있다. 또 어떤 때는 그 반대로 식당의 사장이 너무 어두운 표정으로 또는 불만이 가득한 표정으로 손님을 응대하는 곳에 처할 때도 있다. 그런 느낌이 드는 곳에서는 입구에서 바로 다시 가게를 나가야 하는데 그렇게 하지 못한 경우에 처할 때가 종종 있는 것이다. 그리고 처음엔 그럭저럭 무난한 분위기였었는데 시간이 지나면서 애매한 분위기에 놓였음을 눈치챘을 때 역시 자리에서 바로 일어서야 한다. 본전 생각에 가만히 식사만 하고 갈 생각으로 어쩔 수 없이 계속 앉아 있다 보면 여지없이 직 간접적인 피해를 입게 될 가능성은 아주 높아지게 되기 때문이다. 그래서 종국에는 손님 입장에서 전혀 원치 않는 사단으로 발전하게 되는 것을 우리는 과거 수차례 경험한 바 있지 않은가? 결국 두 사람은 맛있는 곱창도 사이드로 나온 다른 음식들도 제대로 맛을 느끼지도 못한 채 적당히 눈치를 보다가 조용히 가게를 나왔다. 본전 생각을 포기한 것이다. 나오면서 보니 주방일을 주로 하던 젊은 여자 사장도 이제는 분위기를 알아차리고 밝은 얼굴을 유지하지 못하고 있었다. 서둘러 나가는 강 여사 내외에게 종전에 밝게 하던 인사도 제대로 하지 못하는 모습이 보여서 안타깝게 느껴졌다. 아마도 그런 일이 그동안 가끔 계속해서 생겼던 모양이었다.

두 사람은 가게를 나와 집으로 돌아가는 길에 이 맛있는 곱창구이집을 당분간은 못 오게 될 것이 아쉽고 그렇게 만든 그 젊은 남자 사장이 안타까웠다. 젊은 나이임에도 사회에 도전을 하고 성실하게 사는 모습이 사실은 음식 먹는 것보다 더 보기 좋아서 한 번씩 오는 곳이었다. 하지만 젊은 남자 사장은 가게 안에서 자신의 감정 조율에 실패하고 있었다. 더구나 그것을 표정에 나타나게 하여 가게 안 분위기를 흐리면서 손님들에게 불편한 마음을 심어준다는 사실을 잘 모르는 것 같아서 더 안타까웠다. 덩달아서 강 여사 내외도 자주 갈 수 있는 맛집 한군데를 잃어버리게 된 터라 본의 아닌 피해를 입었다는 사실을 그 젊은 사장은 알까? 그날 이후로 강 여사 내외는 그 곱창구이 집을 찾지 않게 되었다. 비록 두 사람 모두 그 집의 곱창구이를 참 좋아했지만 그리고 그 젊은 내외의 안부도 늘 궁금했지만 두사람의 오붓한 시간을 방해를 받으면서까지 식도락을 즐길 생각은 당연히 없었기 때문이었다. 그럼에도 그 곱창구이 집 주변을 지날 때면 두 내외는 항상 좋은 마음으로 장사가 잘되고 사업이 번창하기를 기원했다, 그 젊은 사장 내외가 처음 때처럼 밝고 상냥하게 가게를 잘 운영하기를 바랐다. 그리고 손님이 계속 늘어나고 사업이 잘되어서 승승장구는 아니더라도 정당한 노력에 걸맞은 경제적 보상을 받기를 응원했다. 그래서 시간이 좀 더 지나서는 강 여사 내외가 다시 밝은 얼굴로 그 가게를 들어설 수 있기를 그 가게 인근을 지나갈 때마다 그런 마음으로 기원했다.

　　강 여사가 사는 아파트를 기준으로 이 곱창 집과는 반대의 방향으로 도로 건너에 어느 날 '랭동 삼겹살' 집이 생겼다. 가게는 겨우 10평 정도나 될까 싶은 작은 규모였지만 최근 유행하는 레트로 열풍을 따랐다. 예전 식당에서나 볼 수 있던 둥근 양철 테이블과 냉동 삼겹살 그리고 간단한 야채 무침, 소주와 다양한 전통 막걸리 등 주류를 함께 파는 곳이었다. 면적은 작지만 아파트 외부 광장의 한 모퉁이에 위치해서 시원한 바람도 끊이지 않고 불었다. 두 사람이 가볍게 막걸리 한잔하면서 아이들의 뛰어 노는 모습을 볼 수 있는 재미가 있는 제법 목 좋은 곳이었다. 게다가 사이드로 나오는 상추 겉절이나 김치 전도 의외로 맛이 있었다. 강 여사는 전이라면 다 좋아한다. 김치 전, 배추 전, 파전 등등 대부분을 좋아하고, 남편도 비슷하지만 남편은 두툼한 해물 파전을 좀 더 좋아하는 편이었다. 부부가 둘 다 술 안주가 되는 음식의 기호가 비슷하면서 주류의 종류에 관계없이 폭음하지 않고 건강한 음주를 함께 즐길 수 있으며, 그 가운데 담담하게 일상의 대화를 나눌 수 있다는 것은 또 얼마나 축복받은 인연인가?

　　어쨌든 곱창구이 집처럼 이곳도 우연히 발견했지만 두 사람은 첫눈에 반하게 되어서 종종 찾아오는 곳 중의 하나였다. 이곳도 젊은 사장님이 운영을 했는데, 곱창구이 집 사장보다 나이는 더 어려 보였다. 아마도 솜씨 좋은 친인척이 가까이에 있어서 밑반찬과 기본 요리를 대주나 보다라는 생각이 들 정도로 상추 겉절이 양념이나 멸치 액젓이 특히 맛있었다. 찾아오는 손님들도 하나둘 늘어나기 시작했다. 테이블이 4개밖에 없었는데 길 가로 두 개를 더 내어 놓았다. 그래서 작지만 알차게 계속해서 번창할 것으로 예상이 되었는데 어느 날부터 강 여사 내외에게는 다시 아쉬운 일들이 생기기 시작했다.

어느 날 토요일에 조금 일찍 갔더니 5시에 영업을 시작한다는 말만 하고는 더 이상 응대를 하지 않았다. 그 전 사업 초기에 왔을 때는 상당히 친절한 면을 보여줬었는데 그날은 그런 모습을 찾을 수 없었다. 예를 들면, 비어 있는 테이블과 의자에서 잠시 기다리시면 시간에 맞춰서 준비를 하겠다는 말도 하지 않고 주방으로 휭하니 들어가버렸다. 갈 길을 잃어버린 아이처럼 영문을 모른 채 가게 입구에서 문전 박대를 당했다. 그렇게 덩그러니 남겨진 강 여사 내외는 10여 분을 거리에 서서 기다리기는 싫어서 그날 두 사람은 다른 곳으로 이동했다. 그날 이후 어느 날 또한 번 갔더니 서빙을 하는 알바생이 아직 안 나와서 준비가 안 된다고 말하고는 또 더 이상의 응대가 없었다. 알바생이 없는 그 시간 동안 이 젊은 사장님은 혼자서라도 영업을 할 생각은 전혀 없어 보였다. 그리고 그 알바생은 언제쯤 가게로 오는지 언급도 없었다. 그리고 서빙을 담당하는 그 젊은 알바 여직원은 늦게 오는 것이 잦아 보였지만 그 젊은 사장은 교체할 의사도 없어 보였다. 그리고 어느 날은 이 젊은 사장님이 스스로 강조한 영업시간인데도 가게는 닫혀 있었다. 결국 강 여사 내외는 즐거운 저녁을 할 자리를 다시 한 곳 추가로 잃어버렸다. 원래 랭동 삼겹살이 있는 방향으로는 강 여사 내외가 자주 오는 곳은 아니지만 그런 일들이 계속된 이후에 가끔 그 가게가 있는 길을 지나가면서 보면 영업은 띄엄띄엄 계속하고 있었다. 그러나 손님들은 초창기 번성할 때만 못해 보였다.

젊은 사장님들은 손님들의 비위를 맞추는 것이 정말로 쉽지 않은 듯하다. 물론 젊은 사장님들이 다 그렇다는 것은 아니다. 어떤 가게를 가보면 사장이 젊은 사람임에도 정말 상냥하고 손님들이 말하지 않아도 원하는 것을 알아서 척척 내어주었다. 그러면서도 생색내지 않고 친절하게 응대하는 부지런하면서 센스 넘치는 곳도 많이 있었다. 물론 이러한 곳도 보이는 그대로 젊은 사장님이 자기 사업을 위해서 의욕을 가지고 진정으로 열심히 하는 곳도 있고, 반면에 일정 기간 동안에 매출액을 확 끌어올려서 가게와 영업권을 매도할 계획을 가진 의도로 연출된 곳도 다수 있지만 말이다. 어쨌든 일부 성격이 급한 젊은 사장님들은 다양한 상황에서 그것을 수용하는 것이 매우 어려운 것 같다. 각양각색의 손님들이 있다는 사실과 그 손님들 중에는 과하거나 까다로운 요구를 하는 경우가 종종 있기 마련인데 그랬다. 더 나아가서 자신의 속마음을 감추고 태연히 친절하고 여유 있게 웃으며 응대하는 것은 정말 쉽지 않아 보인다. 특히 신규로 개업을 해서 또는 다른 이유로 가게의 매출액이 안정적으로 자리를 잡지 못한 곳에서는 확실히 더 그렇다. 그런 곳에서는 젊은 사장님들이 손님들의 각종 요구에 여유 있게 응대하기는 정말 어렵고, 밝은 표정으로 친절을 계속 유지한다는 것이 결코 쉽지 않은 듯하다. 매출액을 올리기는 어렵고 비용으로 나갈 요인만 눈에 보이는 탓일 것이다.

사실 어디 젊은 사람들만 그렇겠는가? 어떤 업종이든 그리고 사장님들이 나이가 있든 젊든 고객들이 줄 서서 기다리고 있거나 매출액이 안정적인 곳이 아니라면 한결같이 성실한 태도를 보이는 것은 정말 쉽지 않을 것이다. 경쟁이 너무 치열해서 사업을 유지하기가 정말 힘들다고 하는 요식업에 속하는 자영업이어서 그럴 것이다. 또 젊어서 의욕이 넘치기도 하지만 쉽게 실망하거나 풀이 죽어 버리는 그런 젊은 특징 때문이 아닐까 생각하게 된다.

젊다는 것은 장점이 많지만 반대로 허술한 단점도 가지고 있는 것이다. 그러나 어쨌든 손님들은 얌전하고 예의 바른 손님들만 있는 것이 아니다. 그래서 마음에 들지 않는 거친 손님들까지도 고객으로 인정하고 친절한 웃음을 유지하면서 밝게 응대하여야 한다. 그것을 유지했을 때 원하는 매출액은 서서히 따라온다는 것을 젊은 자영업자들도 알고는 있을 것이다. 아니 사실은 이미 알고는 있지만 그들이 가지고 있는 젊음과 순수한 열정이 아직은 노련해지기 어려워서 그런 것이 아닐까 하는 생각도 든다.

강 여사 내외는 그 젊은 사장님들이 사업의 내공이 쌓여서 노련한 친절함이 몸에 배이기를 바랬다. 그리고 안정적인 매출액이 나와서 신나게 일할 수 있게 되기를 한 마음으로 기원하면서 곱창구이 가게와 랭동 삼겹살 집을 다시 맛집으로 애용하게 될 기회를 오늘도 엿보면서 그 부근을 지나고 있었다.

열정 넘치는 기타리스트

이웃 청년 자영업자

맛과 훈훈함까지 주는
삼겹살가게

　강 여사는 오랜만에 삼겹살이 먹고 싶었다.

　강 여사 내외가 가끔 가곤 했던 레트로 랭동 삼겹살이 있는 방향으로 가기로 했다. 그 길은 겨울에는 골목길 바람이 무시무시했지만 지금 같은 가을에는 아주 시원해서 좋았다. 이 길 중간에 레트로 랭동 삼겹살 가게가 생기기 전에 ○○삼겹살 집이 먼저 있었다. 이미 오래전부터 인근 사람들에게 제법 인기가 있었던 곳이었다. 강 여사 내외는 그곳도 가끔 주말 저녁 시간대에 이용하는 곳이었는데, 앞서 두 가게와 달리 이곳은 처음에 운영했던 주인은 교체되었다. 지금은 60대를 넘어선 듯한 부모와 30대로 보이는 아들이 함께 운영하는 곳이었다. 아들은 결혼을 했고 나이는 30대 중반이 넘어가는 듯해 보였다.

　나이든 주인 내외는 느리지만 차분하고 성실하게 가게를 운영하는 편이었다. 특히 아들은 참으로 성실하고 부지런하면서 상냥하기까지 해서 보기 좋았다. 손님들이 일시에 들이 닥쳐서 아무리 바빠도 부친과 모친이 단순 서빙이 아닌 뜨거운 화덕을 나르거나 고기를 먹기 좋게 잘라주는 일은 못하게 하였다. 이 아들이 스스로 직접 했다. 그러면서도 손님들에게 항상 친절하였고 성실하게 웃음을 잃지 않고 응대를 하는 모습이 선하게 다가왔다. 가게에 손님들이 갑자기 많이 들어와서 바쁠 때 강 여사 남편이 직접 삼겹살을 구우면 주인 아주머니는 주문하지도 않은 계란찜을 서비스로 기분 좋게 내놓기도 했다. 그래서 강 여사 내외가 이 식당을 찾아 삼겹살을 먹을 때는 항상 기분이 좋았고 나올 때 마음도 훈훈하고 넉넉했다. 그 가게의 부모님과 아들이 알게 모르게 서로들을 챙겨주고 보살피면서도 손님들을 기다리게 하지 않고 꾸준히 성실하게 대했다. 그 모습을 보면 시간이 갈수록 점점 더 이 가게가 번창하리라는 것을 알수 있었다. 비록 가게가 계속 잘되어서 종전처럼 방문해서 바로 편하게 이용을 하지 못하고 일정 시간을 대기한다고 해도 상관없었다. 기꺼이 그 시간을 감수할 의향이 있을 만큼 좋았다.

그러고 보면 요식업의 경우 레시피도 물론 중요하지만 이렇게 손님들이 편안함을 느끼도록 응대하는 것도 중요하다. 그리고 식사를 할 때는 물론 가게를 나갈 때까지 내내 훈훈함을 느끼게 해준다는 것은 큰 강점이 분명하다. 주변 상권의 경쟁이 치열하다 해도 가족 단위의 단골들은 계속 늘어날 것이고 그 단골들의 발길을 계속 유지할 수 있겠다는 생각이 들었다. 강 여사 내외는 오늘도 이 가게에서 맛있게 저녁을 먹고 구운 삼겹살 중 일부를 반려견들이 먹기 좋은 크기로 잘라서 종이컵에 담아 그 가게를 나섰다. 이제는 가게의 젊은 사장도 강 여사 내외를 잘 알아서 종이컵을 하나 달라고 하면 종이컵과 고기의 기름이 쏟지 않도록 작은 비닐 봉투를 함께 챙겨주었다. 이 젊은 사장의 알뜰한 배려 덕분에 강 여사네 반려견 반지와 두부까지 차갑게 식어버리지 않은 삼겹살 파티를 하는 즐거운 날이다. 일부러 표시를 낸 적이 없음에도 자연스럽고 몸에 밴 그 젊은 사장님의 배려와 친절은 저절로 사람을 감동시키는 힘이 있음을 갈 때마다 배우게 된다. 그러다 보니 비록 동네에서 요식업을 하는 자영업자 중에 한 명이지만 이 가게를 방문할 때마다 강 여사 내외에게 반갑고 훈훈함을 느끼게 해주는 고마운 사람이다.

비즈니스는 물론 인간관계에서도 성공하기 위해서 첫 번째 원칙은 상대방에게 이익을 주는 것이라고 한다. 뒤집어 말하면 내가 이익을 먼저 취하려고 하면 실패한다는 뜻이다. 고객들에게 물질적인 이익뿐만 아니라 즐거움과 감동 같은 정신적 이익까지 준다면 고객들은 상대방에게 오히려 더 많은 것을 주고 싶어 한다고 한다. 결과적으로 더 많은 이익으로 되돌아온다는 것이다. 더 많이 제공하면 더 많은 것으로 돌아온다는 사실!

곱창구이 집과 랭동 삼겹살 집 사장님들은 이곳의 배려와 친절을 참고해서 자기만의 영업방식을 보완하고 만들어 나가면 어떨까 하는 생각이 들었다. 자영업, 그 중에서도 요식업을 하면서 항상 한결 같이 친절한 마음을 유지하기는 분명히 쉽지 않다. 그러나 젊은 사장님들이 힘들 때마다 수시로 이 가게 젊은 사장님과 그 부모님들의 모습이 떠오르기만 해도 가게 운영에 큰 도움이 되지 않을까?

들꽃

수진씨의
Step by step

코로나 때문에 수진씨와 미화씨를 강 여사는 한동안 자주 볼 수 없었다. 양재반은 이미 나왔고, 그 후에 일정 기간 다녔던 쏘잉 맘도 셋 모두 그만 다닌 지 제법 오래되었기 때문이다. 원래 쏘잉 맘을 나온 후 처음 계획은 셋이 자주 만나서 양재 기술도 서로 배우고 익혀서 업그레이드하자는 것 이었다. 그래서 본격적인 의상 작업을 위한 기초로 디자인 패턴을 만드는 것도 돌아가면서 하기로 하였으나 코로나 바이러스가 극성을 부리는 시기여서 결국 한동안 유야무야 시간만 흐르게 되었다. 그동안은 SNS로 소식만 전하면서 지내고 있었는데, 수진씨에게서 새로운 소식이 왔다.

수진씨 남편은 서울 소재 유명 호텔에서 근무를 하면서 성실하고 부지런해서 능력을 나름 인정받고 있었다. 그러나 코로나로 인해 여행이 자제되고 유동 인구도 줄어들면서 호텔을 포함한 숙박 업소들이 제일 크게 경제적 타격을 받았다. 따라서 수진씨 남편이 근무하는 호텔도 예외 없이 경영 실적이 곤두박질치면서 근무하는 직원들의 고용 상태까지 불안해지는 정도에 이르렀다. 정부에서는 코로나로 고통을 받는 사람들을 위해서 이런 저런 부양 대책을 쏟아내고 있었다. 그러나 수진씨 남편의 경우에는 개인 사업자도 아니고, 특수 고용 사업자에 해당되지도 않았고 대기업에 근무하는 상황도 아니어서 그야말로 어떤 지원도 받을 수 없었다. 여전히 코로나 복지 정책의 사각지대에 놓여 있었던 것이다.

이런 상황에 놓이다 보니 수진씨와 수진씨 남편은 서로 의논해서 두 사람이 오래 전부터 가지고 있었던 경제적 독립에 대한 꿈을 조기에 실행하기로 결단을 내렸다. 지금까지는 장기 계획을 가지고 하나씩 차근차근하게 단계별로 실행하면서 준비해 왔었지만 코로나 팬데믹은 조기에 종식될 것 같지가 않았다. 어차피 두 사람이 함께하는 사업을 꿈꿔 왔으므로 당겨진 일정에 대한 추가적인 의논만 하면 되는 상황이었다. 그리고 두 사람이 함께할 그 사업 아이템은 코로나 영향을 덜 받는 분야이기도 해서 실행은 일사천리로 진행되었다. 수진씨가 전하는 말에 의하면 남편이 최종적으로 퇴사를 결심하면서 두 사람의 오랜 꿈 중에 하나인 세탁 자영업을 시작하기로 했다고 한다. 계획을 당긴 바람에 초기 자금으로 다소 부족한 부분은 대출을 조금 더 늘리고 원래 희망했던 지역보다는 임차료가 다소 낮은 지역의 상권을 물색했다. 이제 두 사람의 오랜 꿈은 본격적으로 구체화되고 있었다. 남편이 세탁과 수거 및 배달을 하고 수진씨는 그동안 갈고닦은 양재 실력으로 수선까지 한다는 계획도 섰다. 두 사람의 역할이 분담되면 어느 정도 사업에 타산이 있다고 판단한 거 같았다. 그런 이유 등을 동기로 삼아 수진씨 내외는 조심스럽지만 희망에 부풀었다.

강 여사는 평소 수진씨가 얼마나 열심히 살아왔는지를 직접 봐왔다. 그리고 수진씨 내외가 한 마음으로 자신들의 사업을 알뜰하게 준비해 온 것을 잘 알기에 수진씨의 사업을 진심으로 축복하고 잘되기를 바랐다. 그래서 개업 날짜가 잡혔다는 소식을 듣고 누구보다도 반가운 마음에 예쁜 모양으로 디자인된 디지털 시계를 화환 대신으로 개업식 날짜에 맞춰 선물을 했다. 한편, 수진씨 가게는 소위 프랜차이즈 업체가 아니어서 가게 이름을 따로 정해야 했다. 그 소식을 들은 강 여사도 함께 고민을 한 후에 한 가지 이름을 제안했고 수진씨 남편은 물론 양재 3인방 모두가 괜찮다고 지지를 보내면서 'OO 세탁'으로 정해졌다. 개업을 위한 준비는 차근차근 무리 없이 계획대로 진행이 되는 것 같았다.

그러나 세상일이, 그것도 자영업을 시작한다는 것이 어찌 쉬울 수 있겠는가? 부지런한 수진씨가 세탁방 개업을 하기 전부터 홍보용 전단지를 만들었다. 그것을 가지고 인근 아파트와 지역의 수요자들을 대상으로 영업 활동을 하려고 하니 임대인으로부터 제지가 들어왔다. 잔금을 치르고 난 후에 홍보나 영업 활동을 하라는 것이었다. 아쉽지만 임대인의 입장도 있으니 할 수 없이 홍보 활동을 중단했다.

그럭저럭 아쉬운 시간이 경과되고 준비를 마친 수진씨는 드디어 가게를 오픈하였다. 수진씨와 남편이 결혼식을 기다리는 신부처럼 들뜬 마음을 애써 가라앉히며 기대가 가득한 마음으로 가게를 지키고 있는데 전화 벨이 울렸다. 오픈하고 첫날, 첫 전화였다. 수진씨는 벨소리가 두 번 울리기를 기다렸다가 정성스럽고 상냥하게 전화를 받았다. 그러나 전화기 너머 상대방의 목소리는 느릿하면서 불만스러운 목소리가 들려왔다.

"여보세요? 그기 이번에 세탁방을 오픈했지요? 나는 인근에 동종의 업을 하는 사람인데 이 업에도 상도의라는 게 있으니 내가 장사하고 있는 지역으로까지 넘어와서 영업을 하지는 맙시다~아.

만약 이 말을 무시하고 시장 침탈을 해 온다면 나도 내가 할 수 있는 모든 것을 동원해서 귀 댁의 영업을 방해할 테니까 그렇게 아쇼." 하고는 바로 딸깍 끊겼다. 두 사람의 기대와 다른 전화여서 많이 황당했지만 수진씨 남편은 뭐 사업 초기이니 동종 업자들이 예민해져서 그럴 수도 있지 않을까 하고 말했다. 수진씨의 마음에 불안감이 조금씩 올라오고 있었다.

그러나 이미 시작한 일 수진씨는 금세 마음을 다 잡았다. 수진씨는 원래 강단이 있고 분명한 성격에다가 지역에서 제법 오랜 기간을 살아오면서 주변에 지인들은 물론 친인척들도 다수 있었다. 더구나 수진씨 남편은 착하고 성실한 성격에 반해 외모만 보면 마초남 스타일에 한 덩치를 한다. 그래서 타인들이 쉽게 시비를 걸 수 있는 만만한 사람이 아니었기 때문에 수진씨의 근심을 전해 들은 강 여사는 크게 걱정하지 않았고 수진씨를 더욱 격려해 주었다. 다행히 개업 판촉 이벤트 덕분인지 날짜가

지나면서 매출도 서서히 올라오기 시작했다. 그러나 또 다른 도전이 수진씨를 기다리고 있었다.

수선을 요청하는 의류들이 들어오기 시작했는데 공업용 미싱을 사용해서 섬세하게 작업을 해야 하는 것들이 대부분이었다. 그리고 그 작업들은 현재 상태의 수진씨 양재 기술로는 부담이 되는 것들이어서 직접 수선을 할 수는 없었다. 처음 수진씨의 의욕과는 달리 막상 개업을 하고 보니 처음부터 만만한 것이 하나도 없었다. 결국 공업용 미싱으로 수선을 잘하는 아주머니 한 분을 시간제로 아르바이트 고용을 할 수밖에 없었다. 하루 3시간 수선해주는 임시 고용이었다. 어떤 날은 수선 요청 건이 스무 건 정도나 되었는데, 수진씨가 할 수 있는 것이 네 개가 전부였고 나머지는 전문 수선공에게 일감이 넘어갔다. 수선해주는 의류에 대해 수선비를 받아서 아주머니에게 지불하고 나면 남는 게 없었다. 다시 수진씨는 이를 극복하기 위해 용기와 의지를 끌어내서 지역의 전문 수선반에 등록을 하고 야간에 열심히 공업용 미싱 기술을 배우기 시작했다. 현대판 주경야독이라고 할까 그렇게 수진씨와 그 남편의 경제적 독립은 어색하고 서툴렀지만 용기와 의지로 한 걸음 한 걸음을 떼어놓기 시작했다. 두 사람이 함께 서로 사랑으로 격려하며 개업 초기의 난관들을 하나씩 극복할 수 있었으니 다행이었다.

그런데 개업하고 한 달쯤 지나가는 어느 날 가게를 지키고 있던 수진씨는 덜 닫힌 가게문으로 손살같이 들어오는 희끗한 물체를 보게 되었다. 뭔가 싶어서 가까이 다가가서 살펴보는데 쥐 한 마리가 가게 싱크대 쪽으로 후다닥 도망가는 것을 보고는 까무러칠 뻔했다. 서(鼠) 서방이 시간이 많아서 가게의 영업을 도와주려고 온 것은 아닐 것이고 인근에 숨어서 기생하며 민폐만 끼치는 끈질긴 토착 세력 중에 한 놈이 틀림없었다. 요즘은 아파트 상가 1층은 물론이고 2층에도 가끔씩 쥐가 나타난다는 말은 들었었지만 실제로 보게 되니 수진씨는 정신이 하나도 없었다. 우선 먼저 근처에 있던 남편에게 연락을 해서 얼른 가게로 오라고 했다. 그 다음 쥐가 숨어 있을 만한 싱크대 주변에 쥐가 도망가지 못하도록 벽돌을 포함해서 손에 잡히는 대로 물건들을 빙 돌아가며 도주로를 막는 방책을 세웠다. 제갈 공명의 팔진도를 뺨칠 정도로 하늘까지 가둔 방책을 이중으로 세우고 얼른 근처 가게에서 끈끈이를 사다가 쥐가 도망갈만한 길목에 복수의 매복조로 배치했다. 그 외 외부에 쥐가 탈출할만한 구멍들을 찾아서 모두 막은 다음 남편이 왔을 때 협동으로 퇴치 작전을 펼쳤다. 이웃들 모르게 둘이서 비밀 작전을 실행해야 했으므로 눈빛과 손동작만으로 서로 사인을 주고받았다. 등산화를 찾아서 신고 실내 청소용 빗자루를 거꾸로 야무지게 움켜쥔 덩치가 커다란 남편의 어깨가 체격에 어울리지 않게 긴장으로 부풀어 올랐다. 그걸 본 날렵한 몸매의 수진씨가 남편 뒤에서 몰래 한숨을 쉬면서 주변에 있는 부서지기 쉬운 물건들을 한쪽으로 치웠다. 모든 준비가 끝난 후 수진씨는 면장갑 위에 고무장갑을 낀 채로 방책들을 하나씩 해체해 나가기 시작했다. 가게 안에 일순 긴장과 정적이 흐르고 있었다. 하지만 방책을 다 치워도 수진씨의 영업을 방해한 현행범은 괴도 루팡처럼 신기하게도 이미 사라지고 없었다. 남편과 함께 쥐가 다닐 만한 구멍이 있는지 샅샅이 수색을 했지만 구멍도 없었고 한참을 둘이서 찾아도 쥐의 퇴로는 보이지 않았다. 그렇게 불현듯 나타났던 서(鼠) 서방은 그 이후로 더는 나타나지 않고 오리무중이었다. 그러나 어느 날 불쑥 다시 나타날 수도 있으니 가게에 쥐가 들락거리면 고객들의 안 좋은 입소문이 퍼질 것은 당연했다. 또 도시의 쥐들은 전기선들을 갉아먹어서 전기 제품이 불통되거나 잘못되면 합선으로 인한 화재도 생길 수 있으므로 심각하게 해결 방법을 생각할 수밖에 없었다. 수진씨는 다시 고민이 되었다. 가게에 손님들이 와서 세탁물을 맡기는데 쥐가 들락날락한다면 다시는 수진씨의 고객이 되지 않을 것이라는 생각이 들었다. 그 고객이 특히나 여성이라면 말할 것도 없었다. 그 여파로 나쁜 입소문은 날개를 달고 퍼질 것이 눈에 뻔히 보일 정도로 예상이 되었다. 세탁관련 전기 전자 제품에도 수명을 단축시키게 되는 등 지속적으로 나쁜 영향을 미칠 것이 걱정되어서 어떻게 하든지 해결을 해야한다고 생각했다. 새롭게 떨어진 숙제를 안고 어떡하든 추가 비용은 발생시키지 않으려고 끙끙거렸다. 결국 수진씨는 남편과 의논 후 비용이 좀 들더라도 전문 업체에 정기적으로 점검과 퇴치를 위한 서비스를 받기로 했다.

"태산명동(泰山鳴動)에 서일필(鼠一匹)!"이란 말이 있지만 수진씨 가게

소동에는 그 일필을 결국 찾지 못하고 부산을 떨은 격이었다. 그러나 부부가 서로 의논하여 대책을 세웠고, 어차피 앞으로 생길 수 있는 일을 미리 대비할 수 있었으니 비용이 수반되더라도 아까워할 경우는 아니라고 수진씨는 대범한 마음으로 받아들였다. 그러나 또다시 예상하지 못해서 늘어난 부대 비용으로 수진씨의 한숨은 하나 더 늘어나고 수진씨의 예쁜 볼 살은 조금 더 홀쭉하게 빠졌다. 아직은 한 걸음 한 걸음이 힘든 시기였다.

2장 우리는 서로 얼마나 이해하며 사는가   131

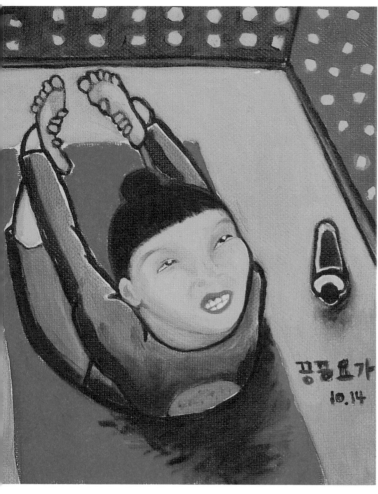

초기 요가

유기견 반지와 강 여사의 행복 동행

어려워도 꼭 해내야 하는
이해와 공감

수진씨 세탁방은 조금씩 안정이 되어 가고 있었다.

이런 저런 소동과 우여곡절을 겪기는 했지만 부부는 항상 친절하게 고객을 대했다. 제공하는 서비스도 정성스러워서 세탁 후 품질이 가게 이름에 걸맞는다는 입소문이 조금씩 퍼지기 시작했다. 강 여사도 세탁 수요가 많은 지인들을 일부러 소개를 하면서 수진씨의 사업을 간접적으로 도왔다. 대단지 아파트가 모여 있는 곳이어서 유동인구는 항상 많았다. 동시에 인근에 경쟁업체들이 몰려 있지 않은 천혜의 입지 조건으로 세탁소는 하루하루 안정되게 운영이 되었다. 수진씨 내외의 안목을 칭찬하지 않을 수 없었다. 그 과정에서 이런저런 비용들이 추가로 늘어나기는 했지만 두 사람이 정직하게 노력한 만큼의 수입은 올라오고 있었다. 그렇게 시간이 지나면서 수진씨 부부의 꿈은 두 사람의 노력과 주위의 도움이 더해져 초기 단계의 진입 장벽을 극복하고 안정되는 것 같았다. 그러나 부부가 함께 운영하는 대부분의 자영업자가 반드시 그 사업을 하는 과정에서 겪게 되지만 결코 극복이 쉽지 않은 본질적인 문제가 수진씨 부부를 기다리고 있었다.

　이제 초등학교 6학년인 외동딸에 대한 보살핌의 한계가 첫 번째 문제였다. 다음으로 하루 중 대부분을 한자리에서 함께 일할 수밖에 없는 공간적, 시간적인 제약으로 인해 발생하는 인간 본연의 자유로움이 제한을 받게 되는 문제가 따라왔다. 그리고 두 사람이 고단한 하루의 일을 끝내고 귀가했을 때 수진씨에게는 새로운 일거리, 즉 집안 일이 기다리고 있다는 문제들이 나타나기 시작했다. 퇴근 후 집안일에 남편이 적극적으로 도와주고는 있었다. 그러나 어쨌든 주부들에게는 직접 해야만 하는 본인의 일거리라는 인식에서 벗어나기 어려운 탓이었다. 실제로도 직접 하지 않으면 뒷손이 한번 더 가게 되는 일들이 대부분이었다. 수진씨 내외의 사업이 완전한 궤도에 올라섰다면 대부분의 문제가 해결될 방법도 있었지만 아직은 직원을 추가로 고용해서 운영할 단계는 아니었다. 딸 바보로 소문난 수진씨 남편은 아직 어린 외동딸을 제대로 돌보지 못하는 것에 마음이 늘 무거웠다. 용감하고 부지런한 수진씨도 퇴근 후 다시 집안일을 해야 하는 것에 대해서 심신이 힘들어가고 있었다. 강 여사가 보기에 두 사람은 휴식과 재충전을 적절히 해야 하는 지혜가 필요한 시기였다. 비록 수진씨가 꿈꾸는 경제적 독립의 시기를 조금 미루더라도 외동딸에게는 부모의 사랑이 현실적으로 더 필요했다. 그리고 두 사람에게도 정신적인 자유와 휴식이 필요한 시기가 되었다. 강 여사가 본인이 그 나이때에 겪어봤던 경험을 되살려 가끔 조언을 했다. 워낙 사이가 좋은 수진씨 내외도 수시로 마음을 열어 놓고 의논하고 해결 방법을 모색했다. 이 현명한 두 젊은 부부는 기특하게도 먼저 양보와 협력을 해 나갔다.

가게에 손님의 발걸음이 비교적 뜸한 조용한 시간대에 일주일에 두 번씩 순번을 정해 돌아가면서 한 사람에게 자유를 주기로 했다. 긴 시간은 아니더라도 적당한 시간을 특정해서 그 시간에는 아주 긴급하고 특별한 것이 아니면 방해하지 않기로 했다. 동시에 딸에게는 부부가 돌아가면서 일주일에 두 번은 하교 길과 학원을 오가는 것을 함께하면서 최대한의 사랑을 표현하기로 했다. 마지막으로 가게의 휴가 일자를 미리 정하기로 했다. 반기에 한 번은 가족 휴가를 정해서 휴식을 하기로 했다. 그 휴가 예정일에 대해서 일주일 전부터 내방하는 고객들에게 구두로 먼저 안내하기로 했다. 그리고 휴가 중에 내방이 예상되는 세탁물의 중, 장기 미회수 고객들에게는 미리 안내 문자를 2~3회 보내서 불편함이 없도록 했다. 또 그 휴가 기간 전후 며칠 동안에는 특별히 할인 행사를 적용해서 고객의 불만을 사전에 해소시키기로 아이디어를 모았다. 그 외 생기는 문제들은 그때 그때 서로 의논해서 하기로 했다. 근본적인 대책은 아니지만 서로 힘들거나 오해가 만들어질 만한 일들은 수시로 솔직하게 말하기로 했다. 적극적으로 들어주고 해법을 함께 모색해서 풀어나가기로 했다. 무엇보다도 강 여사가 조언해 준 것처럼 두 사람이 의논해서 문제를 풀어나가는 것도 좋지만 어떤 순간이라도 부부간에 '공감하기'를 잊지 않기로 약속했다. 피곤하고 짜증나는 부딪힘의 그 순간에는 이 원칙을 놓칠 수도 있겠지만 그 후에라도 두 사람은 솔직하게 서로에게 말하기로 했다. 때로는 그 솔직함의 내용이 논리적이지 않고 이성적이지 않다 하더라도 마음을 다 해서 경청하기로 약속했다. 상대방에 대한 이해와 공감을 우선 배려하고 유지할 것을 약속하고 그리고 실천했다. 그렇게 수진씨 부부의 꿈은 힘든 것들이 계속해서 나타났지만 두 부부는 현명하게 의논하고 대처하면서 조금씩 열매를 맺어가고 있었다.

강 여사가 살고 있는 아파트에 인접한 공원에서도 계절이 가을로 접어 들어 가면서 연꽃들이 수진씨 일상처럼 바쁘게 피고 지기를 거듭하고 있었다. 은행나무의 파란 구슬 같은 열매들은 살구색으로 서서히 바뀌면서 결실의 계절로 달려가고 있었다. 탄소 배출 시험 정원에 한자리를 차지하고 있던 황금 버들나무는 가느다란 허리로 하늘거림의 끝판을 보여 주고 있었다. 수진씨에게 융통성을 가지고 유연하게 고객을 대하라는 무언의 가르침을 내리고 있었다. 조금씩 아름답던 황금색 가지들은 이제 옅은 연두색으로 물들어 가고 있었다.

아직은 사람들에게 낮 기온이 많이 더웠지만 수진씨는 물론이고 이 땅의 모든 이에게 결실의 계절에 대한 기대감이 차오르는 10월의 초입이었다. 모두가 성실함으로 매일을 채워가는 시간이었다.

Sin Pris! Sin Pausa! [서두르지 말고! 멈추지도 말고!]

M자 손금

어른들에게는
인정받음이 필요 없을까?

　미화씨는 모처럼 양재 3인방의 모임에 참석할 예정으로 약속 장소로 차를 운전하는 중에 모친으로부터 예상치 못한 전화를 받았다. 예정에 없었지만 병원에 가야 하겠는데 좀 데려다 달라는 전화였다. 모친은 일주일에 두 번 그것도 다른 병원으로 미화씨가 운전하는 차로 병원을 다닌다. 미화씨 모친은 나이가 들면서 지병이 생겼고 그 병명에 따라 치료를 잘한다고 소문난 병원으로 다니시길 원했다. 그래서 미화씨는 일주일에 두 번씩은 모친의 병원행을 자신의 차로 해오고 있었다. 양재 3인방 모임은 저녁시간대에 잠깐 보기로 변경하고 미화씨는 모친을 모시고 병원으로 갔다.

　강 여사가 보기에 미화씨는 그 부지런한 모습에 참 대단하다 싶었다. 그러면서도 한편으론 미화씨의 개인적 삶을 고려하다 보면 안쓰러운 생각도 자주 떠올랐다. 미화씨는 외동도 아니고 형제들이 있음에도 모친의 병 수발을 독박으로 하고 있었다. 형제들이 사는 곳이 멀기도 하는 등 각자의 사연들은 있는 것 같았다. 그래도 강 여사 생각에는 그 형제들이 조금씩 나누어서 모친 부양을 하면 병 수발을 받는 모친도 마음의 부담이 줄 텐데 하는 생각이 들었다. 더불어 형제들 간에도 사이는 더욱 돈독해지고 미화씨도 더 이상 혼자서만 바쁘지 않아도 될 텐데 하는 생각을 놓을 수가 없었다. 게다가 미화씨는 지금은 사별하여 고인이 된 남편이 생존해 있었던 동안은 남편의 암 발병으로 오랜 기간 동안 그 간병을 하기도 했다. 그 기간에도 어린 자녀들을 키우고 남편의 병 수발까지 하면서 적지 않은 고통을 감내한 세월이 있었다. 남편이 투병을 시작해서 고인이 되기까지 긴 세월 동안 가정의 경제를 오롯이 책임지지 않을 수 없었다. 아이들이 지금처럼 반듯하게 성장하기까지 미화씨가 겪었어야 할 힘든 과정은 강 여사도 경제적인 활동을 힘들게 해본 경험이 있었으므로 충분히 알 수 있었다. 가정의 경제를 책임져야 하면서도 사춘기의 자녀들을 바르게 키워야 했으니 미화씨의 어려움은 본인이 아니면 어떻게 짐작이나 할 수 있을까? 그래서 미화씨의 모친 병수발 관련해서 이런 저런 소식을 들을 때마다 강 여사는 항상 미화씨가 안타까웠다. 양재 3인방 모임을 자주할 수 없어서 아쉬웠다. 그리고 그보다 미화씨가 스스로도 알아차릴 수 없을 정도로 휴식 없는 삶으로만 치우쳐 있어서 어느 날 그 고단함이 한꺼번에 몸과 마음에 쳐들어오면 어떡하나 하는 걱정이 되곤 했다. 미화씨는 언제쯤 가족의 병간호 수발로부터 해방이 되고 자신만을 위한 휴식이나 좋아하는 취미를 위해 적은 시간이라도 스스로에게 할애할 수 있을까?

이제 남편은 이미 고인이 된 지 오래되었고, 모친의 병 수발만 하면 될 것 같은데 또 상황은 그렇지 못한 것 같았다. 미화씨에게는 남편과 사별 후 한참의 세월이 지난 뒤에 지인의 소개로 만남을 이어가는 남자 친구가 있었다. 그 남자 친구는 개인 사업을 하면서 취미 겸 운동도 열심히 하는 아주 활동적인 사람이었다. 미화씨의 힘든 과정을 함께해 주었고 미화씨를 언제나 든든하게 지지해 주는 좋은 사람이었다. 그나마 미화씨에게 진심 어린 위로가 되어 주는 사람이었던 것이다. 미화씨가 처한 상황을 충분히 이해해 주었고, 미화씨가 마음의 문을 열도록 오랜 시간을 두고 기다려 준 멋진 사람이었다. 강 여사보다 한 살이 어린 미화씨도 이제 나이가 적지 않았고 그럼에도 긴 세월동안 자신의 곁을 지켜 준 그 남자친구에게 미화씨도 무언가를 하고 싶었다. 또 스스로를 위해서도 자신이 원하는 삶을 살고 싶었다. 자녀들이 사춘기를 지났고 이젠 성인이 되었으므로 미화씨는 두 사람의 관계를 재정립하고 앞으로의 삶을 항상 함께하고 싶은 마음으로 남자 친구와 신중하게 의논했다. 그래서 내린 결론은 우선 본인이 먼저 자녀들로부터 거주의 독립을 한 후 남자 친구와 함께 동거를 시작하기로 하였다. 강 여사는 진작에 했어야 할 일이지만 이제라도 그 결심을 잘했다고 미화씨를 칭찬하고 그 결정을 적극적으로 지지해 주었다.

자녀들과 의논해서 최종 결정을 내린 다음 두 남자 형제는 원래 살고 있던 아파트에 계속해서 살기로 했다. 미화씨는 작은 아파트를 구해서 독립을 하였고 남자 친구와 동거를 시작했다. 그런데 거기까지는 좋았다. 미화씨도 조금은 휴식이 있는 자신의 삶을 살게 되나보다 했다. 그러나 착한 미화씨는 결국 아들의 아파트를 매일 찾아가서 하루도 빼지 않고 청소하고 일상을 챙겨주고 있었다. 강 여사가 보기에 일주일에 한두 번 정도만 청소하고 빨랫감을 세탁하고 정리만 해주어도 충분할 듯하였는데 미화씨는 타고난 성격상 그렇게 하지를 못하는 것 같았다. 본인 스스로 적지 않은 나이에도 불구하고 아직 경제적 활동을 하고 있었다. 모친의 병 수발을 일주일에 두 번을 하고, 매일매일 아들의 아파트를 청소하고 있었다. 그런 미화씨를 볼 때면 강 여사는 참 대단하다 싶으면서도 역시 안쓰러운 것은 어쩔 수 없었다.

어느 날 미화씨가 강 여사에게 말했다.

"나 이렇게 열심히 살고 있는데, 나중에는 아들과 남자 친구로부터 정말 이 노고를 인정받게 되고 그래서 나에게 정말 위로가 되는 그런 보상을 어떤 형태로든 받을 수 있겠지?"

강 여사는 "그럼, 당연하지"라고 말해주었다. 심신이 지칠 대로 지쳐 있던 미화씨를 지지해주고 응원을 해주어야 할 시기였던 것이다. 그러나 강 여사에게 속으로 드는 생각은 따로 있었다. 미화씨가 아들에게 하는 것은 좀 줄이고 스스로 건강을 돌보고 취미 생활을 하면서 심신의 회복을 돌보아야 한다는 것이었다. 그리고 특히 남자 친구한테 이제는 좀 더 집중해야 한다는 것이었다. 미화씨도 사실 그렇게 하고 싶을 것이고 그래서 조금씩 생활에 변화를 주고 있는 것 같았다. 그리고 미화씨가 원하는 그 보상은 미래의 어떤 날에 생기는 특별한 것이 아니고 지금 현재에 받고 있는 그것이라고 말해주고 싶었다. 어쨌든 이제는 다 큰 두 아들이 있어서 일상에서 든든함을 받고 있고, 남자 친구와 서로 따뜻한 사랑을 주고받고 있기 때문이었다. 사실은 미화씨도 이미 알고 있는 것 같았다. 단지 힘든 날에 친구에게 푸념하듯 한 말이었던 것이다.

그런 미화씨를 보면 우리가 살아가면서 언제나 잊지 말아야 하는 것이 있는 것 같다. 어떤 보험회사의 광고 카피이기도 해서 식상할 지 모르지만 우리는 아직도 좋은 표현을 적극적으로 하는 것에 지나치게 인색하다. 오히려 일시적이고 나쁜 감정이 수반된 표현은 곧바로 잘함에도 말이다. 그러니 가족 간에도 사랑한다고 '굳이' 말해야 하고, 고맙다고 그리고 수고했다고 '일상적으로' 표현할 줄 알아야 한다. 부모 자식 간에, 연인은 물론 소중한 지인들에게 자주 고맙고 사랑한다고 그리고 당신을 지지한다는 표현을 '의식적으로' 해야 한다. 왜냐하면 우리는 이런 표현에 참으로 인색하기 때문에 일부러라도 수많은 연습이 필요하기 때문이다. 사랑하는 사람일지라도 일상을 같이 하다 보면 그런 표현을 굳이 하지 않게 되는 경우가 많이 생긴다. 그런 세월이 누적되면서 어떤 서운한 일까지 겹쳐서 생기면 이제는 더 이상 서로를 사랑하지 않게 되었을 지도 모른다는 착각에 빠지기도 한다. 또 스스로 자신감 결여로 인한 오해에 쉽게 빠질 수 있기 때문이다.

그리고 또 한가지 중요한 것이 있음을 잊지 말아야 한다. 부모도 자식으로부터 칭찬을 받고 싶어 하고 특히 자식으로부터 칭찬을 들으면 그 부모들은 하루 종일 행복해진다는 사실을 자식들도 알아차렸으면 한다. 예순이 넘어도 여든이 넘어도 칭찬과 격려를 듣는 것은 기쁘고 행복한 일이다. 마음으로도 서로 알 수 있겠지만 표현을 한다고 해서 나쁠 것이 없으니 우리 모두 따뜻한 마음을 전하고 싶은 이에게 적극적으로 연습하자. 이제 성인도 되었으니 미화씨 아들들이 미화씨에게 마음을 담아 감사와 칭찬을 수시로 할 수 있게 되기를 바랐다. 그리고 미화씨와 그 남자 친구가 서로 사랑하는 마음을 수시로 또 적극적으로 표현하게 되기를 바랐다. 그래서 미화씨가 매일매일 여전히 바쁘더라도 행복한 일상을 보낼 수 있기를 강 여사는 마음으로 기도했다.

며칠 후 미화씨가 SNS로 사진을 한 장 보내왔다. 애인과 함께 제주도로 놀러가는 길인데 출발하는 공항에서 찍은 사진이었다. 남자 친구의 뒷모습을 찍어서 보낸 건데, 듬직해 보이는 어깨 사진에서 건강함과 성실함이 보였다. 미화씨가 마냥 행복해 보이는 얼굴이어서 강 여사 얼굴에도 편안한 미소가 달렸다. 지금 그것이 바로 미화씨가 원하는 그 보상 중의 하나임에 틀림없었다. 이제는 1년에 한두 번은 제주도로 여행을 가는 것 같았다. 일상의 고단함은 잠시 잊어버리고 오롯이 즐겁고 행복한 시간만 보내고 재충전해서 돌아오라고 당부를 남겼다.

인생을 살아가다 보면 누구나 혈연이든 혈연이 아니든 복잡 다단한 관계들 속에서 답답하게 자신을 희생하면서 살아가는 사람들이 우리 주위에는 많이 있다. 아쉽게도 그런 사람들과 혈연관계에 있는 가족들을 포함하여 지인 관계에 있는 우리들은 안타까운 마음으로 왜 그렇게밖에 살지 못하느냐고 쉽게 말하거나 어떨 때는 타박을 주기도 한다. 그렇지만 그 본인은 결코 그렇게 자신만을 위해서 살거나 그동안 해왔던 것들을 가볍게 놓아버리지 못하는 그런 착한 사람들이다. 그런 이들은 수시로 마음에서 일어나는 어떤 의무감이나 속박으로부터 스스로를 자유롭게 하지 못하고 결코 그 의무를 한순간도 무시하지 못한다. 언제나 본인이 힘들더라도 직접 챙기고 보살펴야 스스로의 마음이 겨우 편안해지는 그런 사람들이 우리 주위에는 살펴보면 참 많이 있다. 소위 가스라이팅되어서 그런 것이 아니라, 힘들지만 본인이 직접 해야 마음이 놓이고 그제서야 겨우 안정을 찾는 선한 사람들인 것이다. 그런 사람들에게는 유전자에 착함이라는 요소가 특히 많이 있어서 그런 것인가 하는 엉뚱한 생각이 들기도 한다. 어쨌든 개개인의 사연과 그에 따른 부담과 속박된 행동을 쉽게 설명하기도 마냥 이해를 해주기도 쉽지 않은 일이다. 그러니 그렇게 하나하나 모두 챙기면서 살아가는 사람들의 고단함을 친구이거나 이웃인 우리들은 그 사람을 위해서 해주는 말이라는 구실로 쉽게 타박하려 들지 않아야 한다. 답답하다고 모른척하지도 말며 수시로 그 수고로움에 대해 지지와 격려를 보내야 한다. 그 사람들이 아주 가끔 어렵게 꺼내는 말에 온 몸으로 공감해주고 격려하고 지지하면서 살아가야 하지 않을까? 그들의 이야기에 공감하고 지지해주는 것을 지금 당장 실천으로 바로 옮기는 것이 어쩌면 쉽지 않더라도 우리는 이것을 항상 인식하고 있어야 할 것 같다. 그래야 가끔이라도 기회가 왔을 때 우리는 그들을 진심으로 지지하고 그 삶에 박수를 쳐줄 수 있을 것이다.

강 여사는 그동안의 미화씨 노고를 격려하는 한편, 이번 여행 실행을 칭찬하면서 즐거운 추억으로 가득 채워서 다녀오길 바라는 마음으로 미화씨 SNS에 톡으로 남겼다.

"돌아오는 길에 선물 사오는 거 잊어버리지 마."

"행복은 내 몸에 몇 방울 떨어뜨려 주어야만 남에게 묻혀줄 수 있는 향수 같은 것."

-랠프 왈도 에머슨

남편이 키운 산세베리아

유기견 반지와 강 여사의 행복 동행

부동산 갭 투자와
강 여사

강 여사는 지금 살고 있는 아파트에 대한 만족도가 아주 높다.

처음에 남편과 함께 이사를 고려하고 아파트를 보러 왔을 때부터 두 사람은 공통으로 이 아파트를 좋아했다. 적당하게 자란 나무들의 종류가 다양했고 특히 남편은 유실수가 많아서 더 좋아했다. 아파트 단지 안 산책길은 평면적이지 않고 작은 언덕길도 있었고 지하철 역사는 가까웠으며 아파트에 바로 인접한 공원이 또 산책을 하기에 좋았다. 이사를 왔을 당시에는 반려견들도 지금처럼 많지는 않아서 두부, 반지와 함께 편하게 마음껏 산책하는 것도 큰 즐거움의 하나였다.

그렇지만 사실 강 여사가 지금 있는 이곳으로 이사를 오게 된 것에는 생각해보면 시기적으로 부동산 갭 투자의 광풍이 일어나던 초창기 때였고 그 영향도 적지 않았다. 그 당시 강 여사는 지역에 있는 문화 강좌를 통해서 해금반과 미술반에서 활동을 하고 있었다. 그때 강 여사 남편의 퇴직 시기가 서서히 다가오고 있었고 퇴직 후 두 사람의 노후 경제활동을 위해서 무언가 이제는 준비를 시작해야 하는 시점이 아닌가 하는 생각이 문득 들기 시작했다. 그러나 막상 그 생각에 대한 만족스러운 해법이 당연히 당장은 없었다.

두 사람에게 어느 날 숙제처럼 던져진 기약 없는 과제에 대한 걱정은 한 겨울의 스산한 바람을 뒷골목의 어깨들처럼 대동하고 빚 독촉하는 사채업자처럼 강 여사 집 거실에서 서성거렸다. 만족할 만한 변제를 받기 전에는 떠날 생각이 없어 보였다. 그래서 더 늦어지기 전에 무엇이라도 준비를 하는 것이 좋겠다는 생각으로 두 사람은 며칠을 두고 의논을 한 끝에, 강 여사는 공인중개사 자격증 공부를 시작하기로 하고 남편은 강 여사가 추천하는 자격증을 공부해서 우선 취득해 보기로 했다. 두 개의 자격증은 각자가 따로 경제활동을 할 수도 있지만 부부가 함께한 사무실에서 일을 할 수도 있는 종류로 정해졌다. 1년 정도를 보내면서 강 여사는 놀랍게도 강 여사 인생에 꼭 필요할 때면 나타나는 고도의 집중력을 발휘해서 자격증을 취득했다. 이를 보고 자극을 받은 남편도 그다음 해에 강 여사에게 약속했던 자격증 시험을 통과했다. 그렇지만 아직은 남편이 현직에 근무하고 있었고, 바로 공인중개사 사무실을 열기에는 자금도 없었다. 당연히 공인중개사 현장 및 실무 경험 또한 전무했다. 그런 이유로 두 사람은 공인중개사 사무실에 대한 미래 청사진을 바로 실행할 필요성까지는 느끼지 못했다. 그렇지만 남편의 정년 퇴직은 가까운 미래 어느 날 바로 찾아올 것이었다. 강 여사는 자격증을 딴 김에 미술반을 좀 쉬고 지역의 경 공매반에 등록을 하여 부동산 거래 관련한 실무와 부동산 보는 법 등을 배우기 시작했다. 자격증은 땄지만 부동산 분야에는 정말 문외한이었기 때문이었다.

경 공매반에는 이론 교육 외에도 야외 수업을 병행하고 있었다. 필드 학습이라는 이름 하에 수도권 여러 투자 유망 지역을 버스를 타고 다니면서 입지를 분석하는 방법 등도 가르치고 있었다. 시간이 지나면서 부동산 초보였던 강 여사는 부동산을 보는 안계를 넓히기 시작했다. 지금 생각해보면 부동산 갭 투자 광풍이 이미 시작되고 있었던 시기와 우연하게도 강 여사의 자격증 취득 시기가 비슷하게 맞물려 있었다. 그 후로도 한 2년여 동안은 소위 영끌족까지 모두가 부동산 투자에 빠져서 대한민국 국민들이 정신없이 부동산에 취해 돌아가고 있었던 어느 한 시기가 시작하는 처음 어느 한 구간임에 틀림없었다. 그리고 그 즈음에 강 여사의 딸이 전공을 살려서 지금 살고 있는 지역의 한 학원에 강사로 취업하였으나 그 당시는 집과 거리가 멀어서 힘든 출퇴근을 하고 있었다.

강 여사의 장성한 딸은 대학 졸업 후에 전공인 작곡이나 기타 음악 활동들은 쉬면서 이것저것 아르바이트를 전전하며 1년 가까이 소모적인 시간을 보내고 있었다. 그것을 보다 못한 강 여사는 어느 날 마음을 단단히 먹고 딸에게 진지한 조언을 하였다. 다행히 강 여사의 마음이 전달되었는지 딸은 용기를 내었고 전공을 살려 우선 학원강사를 시작하겠다고 결심을 하였다. 학원 강사는 강 여사의 딸이 재학중에도 아르바이트를 해본 경험이 있었고 무엇보다 우선 무엇이든지 먼저 시작하는 것이 중요했다. 딸은 출퇴근 거리에 관계없이 일할 수 있는 적당한 지역의 학원들을 물색하고 면접을 보러 다니다가 최종적으로 선택한 학원이 지금 살고 있는 아파트 근처에 있었다. 지금 생각해보면 기막힌 우연이었지만 어쨌든 지금 살고 있는 아파트로 이사를 하게 된 단초는 딸이 제공했다 해도 과언이 아니었다. 강 여사의 종전 아파트에서 딸이 일하는 학원까지 지하철로 1시간 반 이상이 걸리는 제법 먼 곳이었지만 일단 강 여사와 남편은 딸의 결정을 존중하고 격려했다. 사실 강 여사의 딸은 그 전공 분야에서 최고로 알아주는 대학교를 졸업했다. 학원 강사 경력도 있었지만 입시반 강의 경력은 거의 일천했다. 그래서 우선 경력을 쌓을 수 있기 위해서 딸이 조금은 맘 편하게 선택할 수 있는 학원 중의 하나가 그곳이었던 것 같았다. 정말 우연이었지만 강 여사가 딸이 일하는 이 지역으로 어느 날 경 공매반 회원들과 함께 야외 수업의 일환으로 방문했다. 투자 유망 지역중 하나라는 이유로 이곳에 직접 오게 된 것이다.

이 지역에도 수도권의 다른 투자 유망처들처럼 부동산과 사람을 함께 춤추게 만드는 여러 가지 호재가 있었다. 지역 경제적인 이유와 정치적인 이유 등을 거느리고 사람들을 사실상 부추기고 있었다. 먼저 경 공매반에서 이 지역에 대한 상세한 입지 설명과 적극적인 투자 권유가 있었다. 그리고 강 여사가 부동산 중개 자격증 공부를 하면서 많이 도움도 받고 활용했던 부동산 커뮤니티 단톡방에서도 이 지역에 대한 호감도는 높았다. 그래서 투자를 지지하는 의견이 제법 대세였다. 주변에서 강 여사의 결심을 계속해서 부채질하고 있었다. 강 여사는 심사숙고하기 위해 애썼지만 마음은 붙잡을 수 없을 정도로 흔들렸다. 눈 앞에 호재를 동반한 부동산의 적절한 투자 기회가 있는데 놓치기 싫었다. 상대적으로 특별한 호재가 없는 지금 사는 그곳에 계속해서 있는다면 시간이 지남에 따라서 강 여사가 가지고 있는 재산의 가치는 상대적으로 비교 하락될 것이 명확해지는 것으로 보였다. 결국 남편이 열심히 일했던 그 대가의 집합체인 부동산은 남편의 수고로움에 대해 추가적인 보상은커녕 정당한 이유도 없이 평가절하될 것으로 보였다. 그것은 정말 싫었다. 멍하니 있다가 영끌족들이 아우성치는 소위 벼락 거지 그룹에 속하게 되지는 않을까 하는 걱정도 며칠동안 계속되었다.

그러던 중에 딸이 일하는 학원이 이 이사하고 싶은 아파트와 가까운 거리에 있다는 사실은 강 여사에게 명분과 희망을 주었다. 이 지역으로 이사하면 적어도 딸의 출퇴근은 훨씬 편안해져서 출퇴근 불평은 저절로 사라질 것이다. 더불어 딸이 이 일을 수월하게 하다 보면 이것을 발판 삼아서 자신의 인생을 한 걸음 더 적극적으로 개척해 나아가게 되는 긍정적인 계기가 될 것이라는 생각도 들었다. 강 여사의 투자에 대한 용기를 주는 또 하나의 좋은 구실이었다. 그리고 그 사실은 남편을 설득해볼 수 있는 이유 중에서 강력한 하나가 될 수 있겠다는 생각이 들었다. 우선 딸과 함께 강 여사 둘이서 먼저 그곳으로 이사를 하는 것이 어떨지 남편과 진지하게 의논을 하기로 최종 결심을 내렸다. 남편을 현재 거주지에 일단은 혼자 남게 하는 것이 많이 미안했지만 마음먹고 시작한 딸의 일을 위해서 그 출퇴근만이라도 편하게 해주고 싶었다. 동시에 장기적으로 볼 때 그 지역에 실 입주 목적의 투자를 하는 것이 더욱 현명하며 그 결과는 강 여사 내외의 노후에 분명히 보탬이 되리라는 확신 같은 것이 있었기 때문이었다.

　원래 남편은 예전부터 부동산 투자에는 항상 소극적이었다. 남편은 기본적으로 저축을 해서 모은 돈으로 부동산 매입을 추진하자는 쪽이었고, 그런 이유의 이면에는 아내에게 일상적인 경제적 쪼들림을 주고 싶지 않았던 것이다. 그러나 남편과 달리 적극적이었던 강 여사는 부동산 가격은 계속 상승하니까 먼저 대출을 해서라도 집을 옮기고 이자를 갚아 나가는 것이 낫다고 생각했다. 금융비용을 따지면 비슷하겠지만 그동안 부동산 가격이 상승한다면 강 여사의 판단이 무조건 맞다고 하겠다. 그래서 강 여사는 남편을 설득하고 남편을 대신하여 과감하게 대출을 해서 좀 더 나은 곳으로 이사를 하였다. 그 이후에 강 여사는 근검절약으로 대출금을 갚는 시기를 예상보다 늘 당겨왔었다. 그리고 지금까지 그 투자의 대부분 결과는 아파트 시세 상승과 절약의 두 가지 시너지 효과를 반드시 강 여사에게 선물처럼 보답하였었다. 다만 그러다 보면 생활비에 쪼들리는 강 여사를 보면서 남편은 자신의 경제적 능력이 부족함에 대한 미안함을 가지고 있었다. 또 그 반발감으로 그렇게 힘들게 살도록 만든 강 여사에게 작은 불만을 숨기지 못하였으며 결국 그런 문제가 연관되어

두 사람 간에 가벼운 다툼도 많이 있었다. 남편은 그런 과감한 투자보다 강 여사가 돈 문제에 스트레스 없이 살아갔으면 하는 소박한 바램이 있었다. 그러나 강 여사의 의지를 이번에도 막을 수 없을 것 같았다.

강 여사는 본인이라도 적극적으로 행동해서 부부의 노후에 한 힘을 보태고 싶었던 열망이 있었고 그런 관점에서 이 지역의 아파트 투자 겸 실거주는 큰 매력이 있어 보였다. 어차피 남편도 퇴직할 시기가 다가오니 과감하게 설득을 해 보자는 심정이었다. 물론 그 명분의 이면에는 경 공매반 선생의 정치, 경제를 넘나드는 놀라운 언변과 한국의 부동산 시장을 단칼에 우상향으로 예측해버리는 그 선생의 카리스마가 있었다. 그리고 이미 사고가 전도된 경 공매반 회원들의 적극적인 투자 동참 분위기 역시 강 여사에게 실질적으로 많은 영향을 미치고 있었으며 강 여사의 등을 계속 떠밀고 있었다. 그리고 그때 이미 전국적으로 지역마다 부녀회가 중심이 된 아파트들의 커뮤니티가 전략적으로 자기들이 살고 있는 아파트의 전망에 대한 홍보 활동을 하고 있었다. 동시에 지역의 중개업소들이 같이 손뼉을 치며 상승 분위기를 이어 가면서 부동산 시장은 서울과 수도권 인근의 유망 지역부터 먼저 상승 분위기가 고조되고 있었던 상황이었다. 강 여사 남편의 소극적이고 보수적인 반대 의견은 고개를 내밀기는커녕 싹트기조차 어려운 상황이었다. 남편은 그럼에도 일단 처음에는 반대했지만 강 여사처럼 딸의 출퇴근 거리를 해결해주고 싶은 마음이 컸으며 그 이유 하나만으로도 당면한 문제로 인식하기 시작했다.

그렇게 의논하는 과정을 거치면서 기다리다가 바로 실행에 옮기지 못해서 강 여사의 숨이 막혀가던 어느 주말에 강 여사는 귀찮아하는 남편을 졸라서 함께 지금의 아파트를 보러 왔다. 현명한 판단이고 실행이었다. 그때 남편과 함께 본 이 아파트는 부동산 투자가치를 따져 보기도 전에 두 사람의 마음에 들었다. 아파트를 둘러싼 조경과 다양한 수종 그리고 일반적인 아파트처럼 평면적이지 않고 입체적으로 구성된 작은 언덕과 공원으로 이어지는 다리 등의 경관이 좋았다. 지하철역과 5분 거리에 있다는 입지조건은 두 사람에게 단박에 여기서 살고 싶은 마음이 아주 커지게 되는 요소들이었다. 나무들이 다양하고도 무성하고 산책길이 넓으면서 오일조밀한 느낌이 드는 멋진 공원도 바로 연결이 되어 있어서 반려견들과 산책하기에도 딱 좋은 곳이었다.

그렇게 아파트를 방문하고 나서 남편의 생각도 적극적으로 변하게 되었으며 이사를 추진해보자는 쪽으로 두 사람의 의견은 모아졌다. 그리고 며칠 후 남편은 강 여사가 예상하지도 못한 엄청난 선물을 들고 왔다. 남편이 근무하던 회사에는 건강 등 다른 이유를 들어서 지금까지 수행해 온 서울 본사의 팀장직을 고사하였고 동시에 딸의 직장이 있는 이 지역 근무지로 이동을 자청했다는 것이다. 갑작스러운 요청에 경영진의 간곡한 만류가 있었지만 그것을 뿌리치고 인사이동 명령을 받기로 결정되었다면서 다 같이 이사를 하자는 것이었다. 갑자기 결심한 것 같지만 사실은 오래전부터 회사의 발전을 위해서 팀장직을 젊고 유능한 이에게 넘겨야 한다는 생각을 해왔고 그 의사를 여러 번 피력해 왔다고 했다. 이번 이사를 해야 할 시기에 맞추어서 팀장직을 고사하는 것이 개인적으로도 부합되었고, 실제로 몇 개월전에는 척추수술도 하였으므로 경영진을 설득하는 데 무리함이 없지는 않았지만 자신의 의견을 관철시키는 데 크게 힘들지 않았다는 것이다. 남편이 말은 쉽게 해주었지만 그 결정과 실행은 사실 쉽지 않은 일이었을 것이다. 서울의 본사 팀장이 가지는 여러 혜택과 기득권을 내려 놓아야 하는 본인의 결정도 그렇고 어쨌든 새로운 인물을 팀장으로 보직을 내려야 하는 회사입장에서도 가볍게 볼 수 있는 사안은 아니었다.

그러나 남편은 대체로 고민은 신중하게 하지만 한번 결정을 내리면 망설임이 없고 좌고우면 없이 신속하게 추진했었다. 예전에 딸이 고등학생일 때에도 경상도에서 수도권 지역으로 이사를 하면서 전학을 가능하게 만드는 인사 이동의 명령지를 보여주는 신공을 발휘하더니 이번에도 남편은 강 여사를 놀라게 만들었다. 사실은 딸아이가 고등학생이었을 때는 우연하게 회사내에 전면적인 인사이동이 진행되고 있어서 자연스럽게 시기가 맞물렸었다. 그 인사 이동의 기회에 이왕이면 딸의 입시 준비를 위해서 정보와 재능 있는 교사들이 많은 유리한 지역으로 이동을 할 수 있도록 서울의 임원에게 적극적으로 요청했던 것이다. 이번에는 남편이 팀장을 고사하면서 본인 능력에 한계가 보인다는 주장과 그래서 회사 조직에 신선한 젊은 바람이 필요하다는 명분이 설득력이 있었고 그것을 마지못해 수용해 준 회사 대표의 관용이 있었기에 가능했지만 말이다. 어쨌든 그래서 이 지역으로 이사를 오게 된 것이었다. 이 아파트를 소개해 준 부동산중개소 실장님과 사장님이 자세하고 친절하게 설명을 하면서 안내를 해 주었다. 부동산중개소 사장님도 이 아파트에 살고 있다는 말은 강 여사의 결정에 힘을 더 보태게 되었다. 결론적으로는 갭 투자가 아닌 실 투자가 된 것이고 사회적으로 지탄을 받을 수도 있는 우려도 깔끔하게 사라지게 되었다.

그러나 사실 그 후에도 경 공매반으로 알게 된 다수의 아주머니가 갭 투자로 아파트를 몇 채씩 사는 것을 보면서 그때마다 강 여사는 수없이 흔들렸다. 그러나 남편과 딸이 함께 반대하기도 했고 운용할 자금도 없는 상황이어서 강 여사의 갭 투자로 향한 발걸음은 멈출 수밖에 없었다. 그리고 세월이 지나면서 그때에 약 올리고 투자를 부추기던 경 공매반 사람들과의 인연도 다행히 흐릿해지게 되었다. 그 사람들도 한때는 떼돈을 모으는 것처럼 자랑하고 강 여사를 놀리듯이 부추겼다. 그러나 그 후에는 경기 침체가 이어졌고 그런 영향 아래 대출한 이자나 원금의 분할 상환을 잘하고 있는지 의문과 걱정이 들기도 했다. 전세를 바로 놓은 매입 아파트가 전세금 하락 등에 의해 도미노 손해를 보고 있지나 않은 지 모르겠다는 남편의 우정 어린 부동산 경기 예측 등에 의해서 갭 투자를 안 한 것은 잘했다는 생각도 들었다. 직장에서 상대적으로 경쟁자들에게 뒤처지는 것만큼은 싫어했던 남편을 위해서라도 두 사람의 노후에 조금

이라도 대비할 수 있고 가족의 경제력에 적극적으로 보탬이 되어보고자 추진했던 아파트 매입이었고 이사였다. 그런 와중에 강 여사의 소박한 초심과 명분은 갭 투자의 광풍에 흔들리면서 자제력을 잃어버릴 수도 있었지만 지금도 생각해보면 그때 멈추기를 잘했다는 생각에는 변함이 없다. 주변에서 갭 투자로 매수한 아파트가 몇 억씩 올라서 돈을 수억 벌었다는 소문을 내고 다니는 사람들도 있었다. 그러나 지금의 행복은 억만금을 줘도 살 수 없다는 사실을 강 여사 스스로 잘 알고 있고 그래서 그런 소리에 더 이상 흔들리지 않는 부동심을 가지게 되었다.

강 여사는 오늘도 아파트 인근 공원으로 반려견들과 함께 가벼운 발걸음으로 명랑 산책을 나섰다. 반지는 정신없이 촐랑대며 이 냄새 저 냄새를 맡는 삼매경에 빠져서 목줄은 강 여사 몸을 여전히 칭칭 감아대었고, 두부는 기안 84 걸음을 걸으며 목줄을 당겨 대어서 강 여사를 시종일관 웃게 만드는 이 아파트는 지낼수록 점점 정이 깊어 가는 곳이었다. 반려견들과의 산책길에서, 남편과 아파트 주변의 맛집 탐방 데이트를 통해서 추억들이 한 장 한 장 소중하게 강 여사의 뇌리에 저장되고 있었다.

유기견 반지와 강 여사의 행복 동행

주거지 기록을 갱신한
예쁜 동네

　강 여사는 이사를 많이 다녔다.

　신혼 때부터 재산은 별로 없었고 거의 맨몸으로 출발을 하다 보니 살아오면서 어쩔 수 없이 이사를 가야 하는 상황도 제법 있었다. 딸이 원하는 공부를 제대로 할 수 있는 여건이 되는 지역으로 이사를 해야 하는 경우도 생겼다. 강 여사가 적극적으로 대출을 내서 좀 더 살기 좋은 곳으로 이사를 하기도 해서 이제와 돌아보면 한곳에서 평균 3년이 넘지 않을 정도의 기간으로 거주했던 것 같다. 게다가 강 여사나 강 여사의 남편은 신혼 때부터 이사와 이동에 대한 거부감이 별로 없는 사람들에 속하는 편이었다. 두 사람 모두 어릴 때부터 거주했던 동네의 추억에만 사로잡히지 않았고 새로운 곳에서 새로운 만남과 추억을 만들어 나가는 것에 두려움이나 거부감이 없는 스타일이었다.

　그러나 지금 이 아파트에서는 처음으로 이전과는 달랐다. 반려견들과 온 가족이 모두 함께 6년째 살면서 종전의 가족 거주 기간의 역사를 갈아치웠지만 여전히 지겹지 않고 오히려 주변 경관에 대한 애정은 시간이 갈수록 증가하고 있었다. 그것은 아마도 반려견들과 다닌 산책길에서 오늘 보는 이 길은 어제의 그 길이 아니더라는 평범한 진리 속에 있었다. 매일 계속되는 시간 속에서도 정체되어 있는 것이 아니라 끊임없이 변화하는 자연의 신비함을 알아차리게 되면서 이사를 하고 싶은 마음이 자연스럽게 생기지 않았다. 그리고 손자 선호와 산책하면서 도토리를 줍고 나무와 꽃 이름을 알려주면서 또 그렇게 되었다. 손자의 눈높이에 맞추어 주변 환경을 바라보게 되면서 강 여사 내외의 이 아파트에 대한 애정은 더욱 깊어지게 되었다. 그리고 자연스럽게 생긴 그런 감정들이 지금 아파트에 대한 편안한 만족으로 이어진 것이 아닌가 하는 생각이 들었다. 다양한 수종으로 각각의 가지와 잎에서 계절의 변화가 뚜렷하게 보이고, 변해가는 계절마다 들꽃들도 풍성했다. 남편이 좋아하는 유실수와 키가 4~5층까지 이르는 왕 벚나무를 포함한 오래되었지만 여전히 건강한 나무들이 또한 많았다. 두부, 반지와 술래잡기 놀이를 하는 적당한 개체 수의 까치들이 항상 나와 있었다. 암수가 언제나 같이 있는 금슬이 좋은 직박구리들 그리고 작은 참새들의 군락도 보였다. 그리고 이 모든 것이 늘 눈과 귀를 즐겁게 하였다. 강 여사 내외와 반려견들이 뛰어다니거나 산책을 하면서 생겼던 작은 즐거움들의 흔적도 눈길이 머무는 곳곳에 소중한 추억으로 쌓여가고 있었다. 산수유, 산사과나무, 모과, 감나무 등은 그 변화하는 모습들을 보면서 계절의 즐거움을 주었다. 잘 익은 모과 열매는 강 여사의 현관에서 그 향기를 가득 채워 주었다. 특히 여름철로 접어 들 때 만개하는 버찌 종류의 작고 까만색 열매는 산책길에 두부, 반지가 아무리 빨리 가자고 줄을 당기며 졸라도 강 여사가 절대 그냥 지나치는 법 없이 놓치지 않고 매년 맛을 보게 되는 유기농 과일 무료 맛집이었다. 그때마다 강 여사와 남편은 이빨과 입 주변이 보라색으로 물든 것을 서로 놀리면서 깔깔거렸다. 아파트 내부에는 물론 공원길에 곳곳에 심겨져 있는 상수리나무들은 가을이면 나무들마다 조금씩 모양이 다른 품종의 색깔 좋은 도토리들을 내어 놓았다. 그 시기에는 평소에 숨어 지내는 다람쥐들의 앙증맞은 모습을 보여주기도 했다. 더불어 그해 겨울이 지나고 이듬해 봄철부터는 산책하는 중에 길 곳곳에 도토리나무가 자라기를 바라면서 지난 가을에 주워서 모아 놓은 도토리 열매를 군데군데 뿌렸다. 그렇게 하기 위한 준비로 가을마다 강 여사의 도토리 수집 손길을 분주하게 했으며 이웃 동네에서는 원정 도토리 수집까지 매년 왔다.

그래서 매일 산책을 다녀도 그 모습이 예쁘게, 때로는 풍성하게 조금씩 바뀌는 이 아파트를 강 여사 내외는 변함없이 사랑했다. 주위에 45층까지 있는 다른 아파트에 비해서는 저층에 속해서 젊은 세대들에게는 인기가 떨어졌지만 이웃들은 언제나 넉넉한 미소로 인사를 주고받는 곳이었다. 반려견을 데리고 엘리베이트를 타도 싫은 내색을 하는 사람들이 없었다. 사람들의 인간적인 모습과 반려견을 포함한 동물들의 자연적인 모습들을 거부하지 않고 넉넉하게 받아주고 품어주는 곳이었다. 지하철역이 가깝게 위치한 도시 한복판에 위치한 곳이었는데도 그랬다. 그리고 최근에는 이 아파트 뒤편에 있는 시 소유의 공원부지에 시에서 별도로 탄소 저감 목적의 모니터링 용도로 작은 정원을 조성하였다. 그 작은 정원에는 다양한 나무들이 식재되었고 계절마다 나무들과 함께 심은 들꽃들이 예쁘게 피어나고 키 작은 무궁화, 계수나무, 보리수 나무, 황금버들, 핑크 셀렉스 등이 있었다. 강 여사 내외는 물론 그 주변을 산책하는 이웃들의 눈을 즐겁게 해주었고 그 사람들의 마음 건강까지 지켜주고 있었다. 강 여사 내외는 한동안 그 작은 정원에 있는 나무들의 이름 팻말을 일일이 보면서 그 이름들을 누가 더 많이 기억하는가 하는 내기로 산책 중에 옥신각신 하기도 했다. 그렇게 주인 내외가 가벼운 담소를 나누고 있으면 반지와 두부는 그 작은 공원에서 자라난 건강한 풀 중에서 여리고 싱싱해 보이는 풀을 뜯어먹는 시늉을 하며 함께 즐겼다.

이렇게 다양한 풀과 나무들이 있는 탄소 배출 모니터링 공원을 지나가면 곧바로 은행나무들이 줄지어 서 있는 시골길처럼 한적하지만 양지 바른 산책길이 기다리고 있었다. 암수가 다른 은행나무들이 적당한 크기로 서 있었는데, 봄부터 늦가을까지 그 잎과 열매의 변화를 가까이에서 볼 수 있는 즐거움을 주었다. 특히 늦가을에는 노란 은행잎들이 떨어져 바닥에 차곡차곡 쌓여 있었다. 그 길을 두부가 달릴 때면 은행잎들이 땅에서 말려 올라가는 장관을 보여주었다. 두부는 강 여사가 좋아라 하니 그 길을 지날 때면 어김없이 뛰고 또 뛰었다.

이렇게 아파트 안팎으로 풍성한 나무들이 많았었는데 그중 강 여사가 제일 좋아하는 계수나무는 점점 키가 자라고 건강해졌다. 산책 중에 가끔 고개 들어 올려다보면 나뭇가지마다 줄 지어서 매달린 하트 모양의 잎들이 항상 싱그러웠다. 날씨 좋은 날 계수나무 잎사이로 건강한 색깔의 햇빛이 통과될 때면 반짝거리는 햇빛과 바람에 흔들리는 투명한 연두색 계수나무 잎들이 강 여사의 시선을 오랫동안 붙잡고 놓아 주지를 않았다. 강 여사가 눈부신 그 잎들을 쳐다보고 서 있는 그 아래 공간까지 예쁜 연두색 빛으로 물들여서 강 여사를 종종 사춘기 소녀로 만들기도 했다.

  그리고 지금, 가을날의 햇빛이 이제는 연두색에서 연한 노랑색으로 변해가는 계수나무의 하늘하늘한 잎들을 통과하고 있었다. 그리고 그 아래 공간으로 산책하며 지나가는 반려견 반지와 두부 그리고 강 여사의 얼굴과 온몸을 그리고 그 전체 공간을 모두 연노랑색으로 물들이고 있었다. 강 여사 일행을 매일 보면서도 이 상냥한 연 노랑색 계수나무 잎들은 오늘도 모두에게 눈이 부시도록 반짝거리면서 반가운 환영 인사를 하고 있었다.

  눈부신 어느 날이었다! 눈길이 닿는 모든 곳에 소중한 추억들이 쌓여가고 있었다. 반려견들과 산책을 할 때마다 추억을 소환하기도 하고 또 새로운 모습으로 아름다운 추억들을 덧씌워 주니 강 여사의 유화 작품들처럼 추억들이 하나하나 심상의 캔버스에 정성스럽게 덧칠이 되고 있었다. 그러니 강 여사가 세월이 흘러도 이사할 마음이 나지 않는 것은 당연했다. 예쁜 동네였다.

여러 산으로 둘러싸인 예쁜 동네

강 여사와 유기견 반지의
동행

노(老) 말티즈 백작과
보살 수행

    강 여사에게는 지금 반려견이 두 마리가 있다. 처음에는 세 마리였다.

    그 마지막 한 마리는 노령견으로 얼마 전에 강 여사 가족을 떠난 별이다. 별이는 몇 년 전 불의의 사고로 원 주인과 이별하게 되었다. 그래서 유기견이 될 처지에 놓였던 것을 강 여사가 불쌍한 마음에 가족으로 받아들였다. 별이는 원래 있었던 반려견 반지와 두부에 비하면 강 여사의 식구가 되었을 때 이미 워낙 노령견이었다. 건강도 좋지 않은 데다가 피부병까지 있어서 별이가 살아 있는 동안에 강 여사의 하루는 정말이지 정신없을 정도로 바빴다. 또 병원비 등 부대 비용도 적지 않았다. 별이는 남은 수명이 1년 미만일 것이라는 일반적인 예상과는 달리 강 여사의 가족이 된 후에도 무려 4년여를 함께 지냈다. 강 여사의 알뜰한 보살핌 덕에 병으로 고생하는 것 없이 산책을 즐겼다. 그리고 독립적으로 만들어 준 자기만의 공간에서 편안한 노후를 보내다가 어느 날 하늘 나라로 갔다. 별이의 상태가 이상하다 여긴 지 일주일이 안 돼서 조용히 생을 마감했으니 별이의 말년 복은 없지 않았다 하겠다.

그러나 별이의 생존 기간 동안에는 별이를 보살피느라 강 여사는 참으로 바쁜 나날들을 보낼 수밖에 없었다. 피부가 좋지 않아서 피부병 치료에 금전적인 비용도 적지 않게 들었다. 반지, 두부와 친하게 지내지 않는 성격이어서 손길이 좀 더 갈 수밖에 없었다. 그래도 막상 별이가 죽고나서 가끔 그 세월을 돌이켜보면 강 여사는 그래도 녀석이 살아 있을 때 좀 더 잘해줄 걸 하는 생각도 많이 했다. 세월이 지나고 보니 고승 대덕을 배출하는 어느 깊은 산중 사찰의 자비심 높은 보살님 이상으로 강 여사의 마음 수련을 시키기도 했던 별이었다.

강 여사가 아주 어릴 때에는 집에서 기르던 진돗개가 있었지만 그 진돗개와 강 여사는 사이가 좋지 못했다. 아마도 새끼 때부터 강 여사네 집에서 자라지는 않았기 때문이었다. 또 보통의 진돗개들처럼 똑똑한 편이었다. 진돗개는 당시에 어렸던 강 여사를 자기보다 아래 서열이라고 생각한 듯 평소에도 살갑게 굴지 않고 무시하거나 잘 짖어대었다. 그런 기억 등으로 강 여사는 개를 그닥 좋아하지 않았다. 아니 강 여사는 크기가 작은 개도 무서워하는 평범한 여성이었다.

그러고 보면 예전에 우리가 살던 동네에서는 일부의 부잣집 반려견들을 제외하고 대부분의 반려견이 제대로 된 사회 적응 훈련을 받지 않았다. 견주들도 반려견에 대한 지식이 거의 없는 사태로 '그냥' 강아지를 키웠다. 사실 그때에는 모두가 가난했으므로 반려견이라는 개념조차도 희박했다. 그래도 인간에게 충성을 다하는 유전자를 가진 탓에 특별한 훈련이 없었어도 사람들과 잘 어울려 지냈던 거 같다. 다만 동네의 좀 잘사는 집들은 사냥개 종류의 대형견을 집 마당에서 키우면서 대문에 큼지막하게 '개 조심'이라는 문구를 써 붙여 놓았다. 사람들이 그 집 앞을 지날 때면 큰 개가 짖는 소리가 사람들의 발걸음을 긴장시켰다. 그래서 그 집 앞을 지나가는 것조차 무섭고 조심스럽게 만들었다. 직장에서 밤 늦게 퇴근하여 피곤하고 무거운 발걸음을 집으로 옮기던 그 당시 우리의 누나들은 그런 집 앞을 지날 때면 온몸이 긴장으로 한껏 움츠려 들었다. 어떤 날에는 담을 넘은 개에게 물리는 개 물림 사고도 가끔 있었다.

그런가 하면 부산 일대에서는 소위 일본에서 건너온 도사견들을 중심으로 투견 대회가 공식적으로 열렸다. 동네 전봇대에는 투견 대회 홍보 전단지가 공공연하게 붙어 사람들의 사행심을 조장했던 시기였다. 또한 청도 소싸움 못지 않게 투견들을 훈련시키는 것을 업으로 하는 사람들도 있었다. 동네의 한 전봇대에서 챔피언 벨트를 허리에 두른 복싱 챔피언과 도전자의 포스트가 사람들의 눈길을 끌었다. 그 옆에는 역시 화려한 가운과 챔피언 벨트를 어깨에 두른 투견 챔피언이 있었다. 그리고 투견 챔피언에 도전하는 도사나 불독 종류 맹견들의 이름과 프로필이 우승 상금액과 함께 공공연하게 표시되어 사람들에게 홍보를 했던 시절이었다.

그랬던 문화는 다행하게도 이제 다 지나간 것 같다. 오히려 이제 반려견이라는 용어가 일반화되면서 결과적으로 개들에게는 복지를 가져다 주었다. 그러나 한편으로는 씁쓸한 느낌도 들었다. 지금은 반려견에 대한 관심과 이해의 폭은 넓어지고 깊어 졌지만 반면에 이웃 사람들에 대한 우리의 애정 어린 관심은 점점 더 사라지고 있는 듯하다. 아쉬운 점이다. 반려견 문화 확대로 이제 공원 산책길에서 키우던 노령견을 유모차에 태우고 산책을 시키는 것도 심심치 않게 볼 수 있다. 그것을 바라보는 사람들도 예전과 달리 이해와 동정 가득한 눈으로 바라보는 것 또한 많이 변화된 모습임을 알 수 있다. 그러나 정작 우리 이웃에 계시는 분들, 특히 노인들을 바라보는 눈길에는 다정함이 사라지고 이해의 폭이 좁아지고 있는 건 아닐까. 각자가 한 번쯤 생각해 보아야 할 일이 되었다.

하여튼 반려견 천만 시대를 맞아 지상파를 통해서 인기 연예인과 소위 개통령으로 불리는 사람이 함께 출연하는 TV 프로그램을 보는 시대다. 견주들의 반려견들에 대한 이해는 넓어지고 사랑은 더욱 깊어지고 있다. 그 결과로 강 여사가 반려견과 함께 산책을 하는 중에 이제는 이유 없이 욕을 하는 일반인들은 아예 없다. 좋지 않은 시선을 주기도 했던 사람들도 거의 다 사라진 것 같다. 사각지대는 여전히 있지만 그래도 이제는 참으로 반려견 복지시대가 온 것 같다.

영천향 전아병

어두운 그늘 밑
위기의 강 여사

    반지와 두부는 물론 별이도 아직은 강 여사의 네 식구가 되기 전의 이야기이다.

    남편은 가정 형편상 지방의 국립대학교를 졸업했지만 서울 본사에서 근무하며 경력을 쌓아가고 있었다. 다만 이런저런 이유로 동기들보다 입사 시기가 늦었다. 그러다 보니 겉으로는 아닌 척 대범한 척했지만 회사에서의 성과와 승진에 배수진을 친 자존심을 걸고 직장 생활을 하고 있었다. 그리고 중간 관리자로 올라서기까지는 남편의 계획대로 회사에서 입지를 다져갔다. 그러나 본인의 자청으로 고령의 부모님들이 계시던 지방의 인근에서 영업직 근무를 수년간 한 이후에는 남편의 뜻대로만은 되지 않았다. 그래서 제때 승진을 못하거나 오히려 동기중에 특진자가 있는 연말 인사 시즌이 되면 특히 많이 힘들어했다. 그런 남편의 모습을 지켜보는 강 여사는 낙심에 빠진 남편보다 지켜보는 강 여사 본인이 사실은 더욱 힘들었다.

    동시에 딸은 사춘기를 막 벗어나고 원하던 대학에 합격을 했지만 동기생들 또한 워낙 재능이 뛰어난 이들이 많았다. 게다가 딸에게는 미처 없었던 그들 간의 학창 시절 밴드 활동 등을 통한 교류와 사회적인 관계망이 탄탄하게 구축되어 있었다. 그래서 자신감이 넘치는 학생들이 대부분이었다. 그야말로 단순히 재능 하나만 믿고 대학 합격을 위한 기준으로 입시 공부에만 치중해왔던 딸은 막상 그토록 원했던 대학에 입학은 했다. 하지만 아직은 전공 분야에서 긍정적인 사회적 관계망이 없었다. 또 자연스럽게 구축할 기회도 사실상 없었으므로 입학 후 자신이 처한 빈약한 초기의 사회적 관계에 낙담하고 있었다. 이를 극복하기 위한 몇 번의 시도는 본인이 원하는 모습으로 발전되지 못하였다. 그런 것들을 참고 인내하면서 스스로의 능력을 믿고 자신에게도 때가 올 것을 믿고 기다리기엔 아직 어렸으므로 강 여사의 딸은 외로움의 늪에 자주 빠져들었다. 이런 문제를 그 당시에 인지하였다 하더라도 스스로 극복하고 용기 있게 헤쳐 나가기에는 이제 겨우 고등학교를 졸업한 어린 나이에 참으로 쉽지 않았다. 그런 이유로 외로움과 낙담이 연속되면서 방황하는 날들이 계속되었다.

이렇게 남편과 딸이 살아가는 과정의 어려운 한때라고만 말할 수 없는 시기를 겪고 있는 것을 강 여사는 지켜볼 수밖에 없었다. 강 여사는 한편으로 당연히 그 처한 입장들이 이해가 되어 마음으로 수없이 응원을 보내고 격려하였지만 남편과 딸에게 해결책이 될 수는 없었다. 정작 강 여사 본인이 나서서 근본적으로 해결해줄 수도 없는 것들이어서 강 여사

또한 일종의 좌절에 빠지게 되었고 날이 갈수록 심신은 고달파졌으며 정신력도 체력도 자신도 모르게 한계까지 와서 바닥이 나고 있었다. 특히 중학교 때부터 예능 쪽으로 선택한 딸아이의 학업을 끝없이 뒷바라지했던 강 여사에게는 어쩌면 앞으로도 영원히 휴식이 없을 것 같았다. 좌절과 암담함이 그 시절에는 매일매일 찾아왔다. 마치 한여름에 심한 가뭄으로 몇 달째 비가 내리지 않아 기근 상태가 된 논바닥처럼 강 여사의 심신은 이젠 갈라지다 못해 마른 먼지만 풀썩 일으키고 있는 들판 같았다. 남편과 딸의 뒷바라지를 위해 없는 힘마저 짜내어 달려왔지만 그것에 대한 작은 보상은커녕 일상은 점점 힘들어만 갔다. 그렇게 누적되어 온 낙담은 언제 좋아질지 모르겠다는 좌절감으로 이어지면서 원래 유쾌한 성격이었던 강 여사의 심신을 바닥으로 바닥으로 끝없이 끌어내려 추락시키고 있었다. 바닥이 보이지 않는 추락이었고, 모든 것이 허상이고 미망에 불과한 것 같았다. 스스로도 허깨비 같은 느낌에 사로잡혀 강 여사는 의지할 곳 없이 제대로 서 있지도 못한 채 그냥 힘없이 허우적대고 있었다.

원래 강 여사는 참으로 유쾌하면서도 밝은 성격에 친화적인 스타일이어서 문화광장에서는 물론 이웃들도 강 여사와 함께 수다를 떨거나 시간 보내는 것을 좋아했다. 그러나 강 여사의 심신이 무겁고 고달프니 오는 연락들도 귀찮아하게 되고 그러다 보니 지인들을 만나는 횟수는 급격하게 줄어들었다. 그러면서 강 여사의 두문불출하는 시간은 자꾸 늘어만 갔고 어느 날부터는 오전 시간부터 그야말로 침대로 겨우 기어서 들어가는 시간이 늘어가고 있었다. 바깥 세상을 차단하고 자신만의 공간에서 아무것도 하지 않고 어떤 것에도 신경 쓰지 않으면서 모든 의무감에서 벗어나 그냥 쉬고 싶었던 것이다. 강 여사가 누워 있는 침대의 방은 어느 날인가부터 창문이 열리지 않고 있었으며 깊은 어둠만이 무겁게 내려앉고 있었다. 바깥 세상은 밝고 활기차 보이고 모두가 행복해 보이는데 자신은 그렇지 못하니 세상의 밝기만 해 보이는 그런 모습들을 보는 것이 너무 괴롭고 또 무의미하게 느껴졌던 것이다.

좋아했던 미술 작업도 해금 연주도 모든 것이 올 스톱이었다. 남편의 주말 데이트 신청도 무의미하게 느껴지면서 거절이 잦아졌고 바야흐로 집에는 무거운 먹구름만 끊임없이 몰려오고 내려앉아 가족의 공유 공간에는 어느새 차가운 냉기만 흐르고 있었고 이제는 강 여사의 건강까지 잠식하고 있었다.

가족 모두가 서로를 돌보기 어려워졌고 그런 날들이 누적되어 오더니 어느 날 갑자기 눈앞에까지 찾아온 이 위기는 이제 물러날 기미가 없어 보였다. 강 여사가 할 수 있는 건 아무것도 없어 보였다. 가족들 모두가 자기 세계에 갇혀 버렸다.

집안에 어둠과 냉기가 가득했으나 가족들은 여전히 그 심각성을 눈치 채지 못하고 있었다.

통제불능 앞머리

유기견 반지와 강 여사의 행복 동행

나는
어느 별에서 왔니?

어느 토요일 오후였다.

그 날도 주말임에 불구하고 강 여사의 심신은 회복될 생각이 없는 듯 하였고 지친 몸은 오전부터 침대속으로 들어가 있었다. 그때 그런 강 여사를 말없이 지켜보던 남편이 잠깐 외출을 하였고 3시간쯤 후 집에 귀가 하면서 데려온 반려견이 유기견 반지였다. 남편이 말하길 진작부터 유기견을 입양하고 싶었는데 강 여사와 의논할 기회를 찾지 못하고 시간만 보내다가 강 여사가 오늘도 침대에 힘없이 누워 있는 것을 보고는 그 동안 고민하고 검색만 해오던 것을 실행에 옮겼다고 한다. 집에서 가장 가까운 국가 지정 유기견 병원으로 바로 달려가서 반지를 데리고 왔다는 것이다.

남편은 가끔 자기계발 관련 서적이나 경제 관련 서적을 읽고는 했는데, 최근에는 우연히 『놓아 버림』(저자 데이비드 호킨스, 역자 박찬준)이라는 책을 읽게 되었다고 한다. 그 책을 읽으면서 그동안 자신도 모르게 스스로 빠져 있었던 집착들에 대해 몇 가지 시원스러운 해법과 삶에 대한 통찰을 조금은 엿볼 수 있었고, 거기에 더해서 우리네 삶의 본질을 희미하게나마 새롭게 깨닫게 되면서 감명받은 부분이 많았다고 한다. 남편은 그 책을 세 번 정도를 읽었는데, 그 책 내용 중에 저자가 추천한 것이 유기견 입양이었고 그래서 유기견 입양에 대해 진지한 생각을 해 왔다고 한다. 그리고 남편의 입사 동기중에 절친 한 명도 다리 하나를 다쳐서 절룩거리는 유기견을 입양해서 집에서 기르고 있는데 밝은 성격에 다리를 절면서도 아주 활발해서 온 식구들이 모두 좋아하게 되었다고 한다. 그리고 식구들의 관계도 이전보다 더욱 돈독해졌다는 말을 듣고 남편도 유기견 입양에 대해 좀 더 구체적인 결심을 하게 되었다고 말했다.

그러나 반려견을 입양한다는 것은 단순히 귀여운 강아지 한 마리를 장난감처럼 키운다는 것이 아니다. 가족 모두에게 일정 부분에서 책임 의식이 필요하고 그래서 어떤 의무적인 보살핌의 손길이 뒤따라야 하는 것이다. 그래서 이렇게 가족 모두가 힘든 시기에 입양을 해도 되나 하는 의구심은 계속해서 들었고, 막상 입양 결심을 하고도 많이 망설일수밖에 없었다고 했다. 강 여사와 딸과 함께 사전에 의논을 해서 반려견을 입양하면 좋겠는데 과거 딸이 아주 어렸을 때 시추견을 분양받아서 키워봤지만 너무 귀여워만 해주다 보니 버릇이 나빠져서 결국 집에서 키우는 것을 포기했었던 좋지 않은 경험도 있었다. 최근의 집안 분위기를 봐서도 가족 구성원들의 적극적인 찬성을 기대하기 어려울 것 같았다. 특히 일상적으로 의기소침해 있었던 강 여사에게서 회의적인 대답이 예상되는 상황이라 일단 스스로 결정하고 실행할 수밖에 없었다는 말을 덧붙이며 양해를 구했다. 다행히 강 여사에게 강 여사를 걱정하는 남편의 안타까운 마음과 지푸라기라도 잡자는 남편의 심정이 고스란히 전달되었는지 강 여사는 바로 반박하지 않고 남편의 이야기를 차분히 들었다.

남편은 유기견 입양을 결심한 후 수시로 유기견 관련 정보를 검색해 오다가, 그 날 집에서 가장 가까운 국가 지정 유기견 병원을 찾아내서 가 보기로 마음 먹었다. 가기 전에 어떤 유기견들이 있는지 검색을 한 다음 크기와 성격을 감안해서 적당한 반려견을 염두에 두고 갔다. 그런데 마음 속에 정하고 갔던 강아지는 어떤 이유인지 모르겠지만 하필 없었고 그래서 다음에 다시 올까 하고 돌아서는데 반지가 아주 뚫어지게 시선을 맞추더란다.

그러나 남편과 반지가 시선을 맞춘 것은 찰나의 순간이었고, 강 여사 남편은 마음에 정하고 갔던 유기견이 없었기에 우선 실망하지 않을 수 없었다. 그래도 둘러본 다른 유기견들이 있는 케이지는 많이 지저분하고 청결 상태가 좋지 않아서 다시 실망을 확인하며 돌아서고 있었다. 그런데 그런 깨끗하지 못한 환경속에서도 유독 반지만 다른 유기견들처럼 불안 증세를 보이거나 짖어대지도 않고 차분하게 앉은 자세로 남편의 방문을 처음부터 돌아설 때까지 시종일관 지켜보고 있었다고 한다. 그리고 남편이 돌아서는 찰나에 그 병원에서 근무하는 젊은 여자 직원이 말하기를, 반지는 유기견 병원에 온 지 시일이 조금 경과되어서 이번 주가 지나도록 견주가 나타나지 않으면 안락사 절차를 진행해야 한다는 말을 했다고 한다.

반지의 눈맞춤에 이어서 그 유기견 병원 여직원의 말이 돌아서는 남편의 발걸음을 일단 다시 멈추게 하였다. 추가로 그 여직원이 덧붙여 말하기를 반지는 거의 짖어대지 않아서 아파트에서 데리고 키워도 괜찮을 거라는 말을 하였다.

강 여사 남편은 멈추었던 발걸음을 되돌아서서 반지를 다시 한 번 제대로 보게 되었고, 그 순간 남편의 생각에 반지가 잘 짖지 않는다면 반지를 입양할 경우 적어도 아파트내에서 개 짖음으로 인해서 이웃들과 골치 아픈 일은 강 여사에게 생기지 않겠다는 긍정적인 생각이 자연스럽게 들었다고 한다. 그리고 다시 찬찬히 살펴보니 반지의 체격도 적당해서 강 여사에게 부담스러울 것 같지는 않았으며 얌전하면서도 두 눈은 총명스럽게 보였다고 한다. 결국 남편은 포기한 발걸음을 되돌려 반지를 입양하기로 결심했고 나머지 수속 절차를 밟은 후 반지를 데리고 오게 되었다.

반지는 유기견 병원에서 털을 깎고 목욕도 했다. 아마도 입양한다고 데려갔다가 다시 돌려주는 경우가 자주 있지 않았을까 하는 생각이 잠깐 들었다. 강 여사의 첫눈에는 반지가 좀 커 보인 듯 했지만 그래도 암컷이고 순해서 괜찮았다. 흰색과 아이보리색이 적당히 섞인 믹서 혈통의 반지의 털은 부드럽고 보기 좋게 반짝거려서 강 여사의 눈에 아주 예쁘게 들어왔다. 게다가 자신의 안 주인을 어떻게 알아보았는지 데려온 첫날부터 반지는 강 여사를 졸졸 따라다녔으며 강 여사가 있는 곳이면 항상 1미터 안쪽의 간격을 두고 강 여사 옆에 가만히 서 있었다.

지금까지 살아오면서 강 여사는 항상 개성이 강하고 자존심도 센 남편과 딸을 지켜보고 바라보는 입장에만 서서 힘들게 챙기면서 살아왔는데, 반지는 집에 온 첫날부터 강 여사에게 순했다. 강 여사만 바라보고 항상 바로 옆에 붙어서 따라다녔으며 강 여사가 시키는 대로 했다. 가까이 오라면 오고 기다리라고 하면 가만히 기다렸다. 비록 반지라는 새로운 존재는 분명히 강 여사에게 자기 시간과 돈을 추가로 들여서 돌봐야 하는 대상이기는 하지만 반지는 스스로 강 여사에게 보일 수 있는 모든 충성심을 선제적으로 보여주었다. 강 여사에게 적어도 자신의 입양으로 인해 생길 골치 아픈 문제는 없다는 것을 강력히 입증하고자 노력했다. 그리고 반지의 그 노력 덕분인지 반지를 대하는 강 여사는 지쳐 있던 심신으로부터 오히려 느긋해지면서 심적인 안정감을 느꼈다. 그건 분명히 강 여사에게 새롭고 신선한 경험이었다.

나는 이렇게 예쁜 털을 가진 순종적인 개이며 주인님을 불편하게 하거나 말썽 따위는 부리지 않을 테니 나를 버리지 말아달라고 강 여사에게 말하는 것처럼 반지는 강 여사를 대면한 첫 순간부터 그렇게 순종적으로 행동했다. 마치 강 여사의 남편으로부터 미리 그렇게 하라고 교육을 받고 신신당부를 받은 것처럼 신중하게 행동을 했다. 그 결과로 반지는 강 여사 집에 입양 합격 통지를 무사히 받아 내고 유기견 병원에 성공적인 전출 소식을 알렸다. 반지와 가족들의 인연이 시작되었다.

　유기견 반지와 강 여사의 행복 동행

감동적인
반지의 모성애

　반지가 오고 이틀이 지난 월요일에 강 여사는 반지를 데려온 그 유기견 병원으로 차를 끌고 다시 갔다. 그리고 아직 중성화 수술이 되지 않은 반지의 건강 상태를 고려해서 중성화 수술 일정을 잡았다. 그때 병원으로 가는 차 안에서 반지는 침을 그야말로 한 바가지나 흘려서 강 여사의 뒷좌석 차 시트를 완전히 적셔 놓았다. 아마도 다시 병원으로 되돌려 주는 건 아닌지 의심되고 불안한 걱정이 몰려와서 그랬을 거라는 생각이 들었다. 반려견들도 생각과 감정이 있다는 것을 알게 되고 사람과 반려견의 궁극적인 차이가 과연 무엇일까 하는 생각이 들게 하는 반지의 극도로 불안한 모습을 보여준 행동이었다. 반지의 그런 행동은 결과적으로 강 여사 가족들의 보호 본능을 자극했다.

　반지의 이름은 딸아이가 지었다. 남편은 예전에 반려견에 대한 유명한 미국 영화를 기억하고 벤지로 하자고 하니 딸이 대뜸 반지라고 정해 버렸다. 어감도 좋았고 반지에게 어울리는 이름이라는 생각이 들었다.

　그렇게 그동안 썰렁하게 냉기만 돌던 강 여사의 거실에는 이제 가족들이 모여서 반지의 건강을 체크하고 이름을 지어주면서 가족들의 대화는 시작되고 있었다. 모두가 둘러앉은 자리에는 따뜻한 가족의 훈기가 조금씩 돌고 있었다. 강 여사는 새로운 식구 반지로 인해 바빠졌다. 동네 애완견 용품점에서 우선 필요한 물건들을 좀 사고 강아지들이 잘 먹는다는 사료도 구입했다. 그러면서 남편이 의도한지는 모르겠지만 자신도 모르게 일상 생활에서 조금씩 활기를 되찾아가고 있었다. 반지가 입양 전 있었던 유기견 병원의 수의사에 따르면 반지는 거리를 떠돌다가 파출소 인근에서 주민들의 신고로 잡혀서 유기견 병원으로 오게 되었다는 말을 전해주었는데 그래서인지 사람들에 대한 경계심이 대단했다. 특히 중년 남자에 대한 경계는 아주 심했으며 오토바이나 차량에 대한 경계심도 지나칠 정도로 아주 많았다.

강 여사가 주는 간식은 그럭저럭 먹었지만 사료는 아직 잘 먹지 못했고 소화를 잘 시키지 못하고 구토를 자주하는 것을 보면 위장의 건강 상태도 좋아 보이지 않았다. 종전의 견주가 다소 폭력적이었거나 아니면 버려진 후 거리에서 이리 저리 도망 다니느라 제대로 먹지도 못한 상태에서 상한 음식들을 먹었을 것이다. 그래서 위장 장애가 생긴 것 같고 또 사람들로부터 쫓겨 다니면서 생긴 트라우마였을 거라고 짐작되었다. 반지는 그래서인지 반려견들이 좋아하는 산책도 처음에는 싫어했다. 그래도 반지의 건강을 위해서 강 여사와 딸이 반지를 달래고 얼러서 겨우 산책을 다녀오곤 했다.

강 여사가 지금 사는 곳으로 이사 오기 전 살던 동네에도 한강의 지류가 내려오고 그 지류를 따라서 많은 사람들이 반려견들과 함께 즐겁게 산책하는 강변 공원들이 강 여사가 살고 있는 아파트에서 가까운 거리에 있었다. 그렇지만 반지는 단지 그곳으로 이동하는 것도 어려움이 아주 많았다. 공원으로 가는 도중의 길에서 사람들이 지나가거나 차들이 또는 오토바이들이 지나갈 때마다 반지는 어디론 가 도망을 가려는 회피성 움직임이 워낙 심했다. 강 여사나 딸은 반지를 질질 끌고 가다시피 하거나 아니면 아예 안아서 이동해야만 했다. 다리 교각을 지나갈 때 차나 오토바이가 나타나면 교각 밑으로 떨어지는 것도 모르고 마구 달리려고 했으며, 길에서 중년 남자를 만나면 목줄을 스스로 풀어버리고 도망을 가는 바람에 강 여사나 딸은 여러 번 어려움을 겪었다. 다행히 강 여사나 딸아이는 반지의 그런 점을 귀찮아하지 않았다. 불쌍한 녀석으로 봐 주었고 보호해야 할 대상으로 그리고 반지의 트라우마를 고쳐주어야 한다고 생각하고 순수하게 돌보기 시작했다.

반지는 귀 청결 상태도 좋지 않았는데 강 여사가 거의 매일 귀 청소를 하고 소독을 해야 했으며 그렇게 한 달여를 치료해야 겨우 안정되곤 했지만 그 이후에도 여러 번 재발했다. 아마도 거리를 떠돌아다닐 때 생긴 질병인 거 같았다.

유기견 반지와 강 여사의 행복 동행

반지가 강 여사 네 한 식구가 된 며칠 후 강 여사는 반지의 배도 좀 정상적이지 않다고 생각한 끝에 진찰을 받아야 하겠다고 생각하고 그리고 조금 미루었던 중성화 수술 일정도 다시 의논할 겸 반지를 데려온 그 유기견 병원을 찾았다.

　놀랍게도 반지는 임신한 상태였다. 수의사 말로는 새끼가 세 마리인 것 같다고 하였다. 그래서 반지는 새끼를 안전하게 낳고 키우기 위해서 입양이 되기 전 그날 남편의 시선을 붙들고 강 여사를 바로 옆에서 졸졸 따라다녔던 것일까? 어쨌든 강 여사와 딸아이는 다시 바빠졌다. 반지가 새끼를 밴 상태이니 건강을 더 세심하게 챙겨야 하고 그래서 아직은 싫어하는 산책도 더욱 일정하게 시켰다. 확실히 반지가 입양되면서 가족들 간에는 공통된 관심 사항이 생겼고 그러면서 반지와 관련된 공통된 대화들을 자연스럽게 이어 나가면서 가족 간에 반지의 문제들에 대해서 의논을 하고 협의도 해보는 소중한 시간들이 늘어갔다. 반지로 인해 바쁜 가운데 식구들 모두가 아직은 인식하지 못한 상태에서 집안에는 조금씩 활기가 나고 있었다. 강 여사도 이제는 침대에서 벗어나 일상을 활발히 움직이며 반지를 보살피다 보니 가족은 물론 이웃과 지인들과의 관계도 원만해지고 반지 이야기로 소통하는 날이 많아지기 시작했다.

　반지가 강 여사 집으로 입양되고 한 달쯤 지났을 때 반지는 새끼 세 마리를 강 여사 집에서 순산했다. 새끼들은 모두 건강했다. 신기하게도 모두 털 색깔이 달랐다. 한 마리는 검은색 털을 가지고 태어났고, 한 마리는 흰색 털에 검은 반점이 있는 얼룩이었으며 나머지 한 마리는 흰색이었다. 온 가족이 둘러 앉아 신기한 듯이 젖을 물리고 있는 반지와 반지의 배에 달라붙어서 꼬물거리는 새끼들을 들여다보았다. 그것은 살아가면서 흔하지 않은 그러면서도 가족 전체가 함께 보고 느끼며 공유한 어떤 감동을 수반한 귀중한 경험이었다. 특히 강 여사의 딸은 반지가 새끼를 낳기 전후의 시간동안 쉬지도 않고 계속해서 반지를 주시하고 보살폈다. 이전에 강 여사 내외가 몰랐던 딸의 새로운 모습이었다. 반지를 보살피는 그 모습들을 보면서 강 여사 내외는 나중에 나이 들어 거동조차 불편해지는 때가 되면 우리도 참 잘 보살펴주겠구나 하는 생각도 들었다.

반지는 첫날 하루 24시간 온 종일 새끼들을 핥고 젖을 먹이는 데 집중했다. 평소 산책을 나가는 길에도 사람들을 두려워하고 경계심만 높아서 새끼들을 과연 돌보기나 할까 하는 걱정은 완전히 기우에 불과했다. 보다 못한 강 여사가 만 하루가 다 지나가는 시간에 반지를 새끼들로부터 억지로 떼어놓고 소변을 보게 하자 그때서야 처음으로 오줌을 누는 모습도 가족들에게는 기특하면서도 신선하게 다가왔다. 딸아이는 인터넷을 검색하여 반려견들의 건강에 좋다는 황태와 미역을 사와서 반지의 산후 건강을 위해 하루 종일 돌보고 먹였다. 온 가족이 하나의 사건에 제대로 집중하고 있었다.

그것은 강 여사 네 가족에게 잊혀진 기억들을 소환해 주었다.

과거 강 여사의 딸 출산과 그 딸의 어린 시절이 지난 후 각자가 일상에 매몰되어 바쁘게 살다 보니 가족 모두가 잊고 있었던 기억들을 다시 불러주었다. 그동안 그 소중하고 예쁜 추억들을 무심히 잊어버렸거나, 굳이 상기할 계기가 없었거나 또는 어떤 때는 일부러 회피하기도 했던 것이다. 그런데 반지의 출산이 가족의 좋은 기억들을 자연스럽게 다시 일깨워 주었다. 가족사를 보여주는 가족 앨범이 추억의 묶음을 안고 책장에 놓여 있었지만 가족 모두가 사실은 거의 20년 동안이나 꺼내 보지 않았다. 그래서 가족들 모두에게 기뻤던 그 보석 같은 순간순간들이 단순히 가족 앨범의 사진들 속에 갇혀 있기만 했었다. 그런데 반지의 출산을 보살피면서 가족 모두가 함께 했던 즐거운 순간들도 함께 소환되어서 다시 가족들의 가슴에 슬며시 나타나는 그런 느낌이었다. 그런 의미에서 반지의 출산은 강 여사 가족에게 아마도 수년 내 처음으로 가족 간에 소중한 기억들을 소환하도록 만들었던 것이다. 이제는 가족 모두가 성인이어서 겉으로는 이렇게 느껴지는 점들에 대해 굳이 일부러 내색은 하지 않았지만 각자의 방식으로 그 소중함을 느끼고 깨닫고 있었다.

사흘이 지나서야 반지는 새끼들이 자는 시간에 조금씩 움직이기 시작했다. 반려견이지만 그 모성애는 참 대단했다. 시간이 흘러 새끼들이 조금씩 움직이고 건강이 좋아지자 강 여사는 다시 바빠졌다. 반지의 순산을 주변 지인들에게 알리고 새끼들 입양을 희망하는 사람들을 찾기 시작했다. 도시의 아파트가 아니라 전원주택에 살고 있었다면 새끼들을 분양하지 않고 모두 데리고 살았겠지만 그럴 수는 없었다. 다행히 새끼들 중에서 건강 상태가 양호한 검둥이와 얼룩이는 마음씨 좋은 이웃들에게 분양을 했고, 먹는 것도 다른 형제들만큼 먹지 못하고 건강이 제일 부실해 보이는 흰둥이는 반지와 함께 강 여사 집에서 같이 살기로 했다. 흰둥이는 이번에도 딸이 이름을 지었고 두부라고 작명을 했다. 정말 멋진 작명이라는 생각이 들었다.

다른 두 마리의 새끼를 보내는 날 남편과 함께 집으로 돌아오는 어둑한 골목길 그늘에서 강 여사는 헤어짐의 아쉬움에 눈물을 보이고야 말았다. 그러고 나서 집에 남은 두 마리의 반려견들이 더 이상은 주인을 잃고 헤어지지 않도록 반지와 두부의 뒷목 부근에 신원을 밝혀주는 내장형 마이크로 칩을 삽입하였다. 반려견 반지에 이어 두부도 강 여사의 한 식구로 전입신고를 완벽하게 마쳤다.

천사견 두부도 가족의 일원으로 함께하기 시작했다.

유기견 반지와 강 여사의 행복 동행

강 여사의 자랑
긴 다리딸과 두부

반지가 강 여사 네 식구가 된 지도 제법 시간이 흘렀다.

그러나 계속해서 오랫동안 반지의 산책 길은 여전히 순탄하지 못했다. 그럼에도 불구하고 딸은 처음 몇 해 동안 반지를 하루도 빼지 않고 산책을 시켰다. 그전에는 강 여사 내외도 딸이 그 정도로 반지를 케어하고 산책을 시키고 할 줄은 예상하지 못했다. 경계심으로 산책을 편하게 하지 못하는 반지를 매일 산책을 시키면서 반지가 산책의 즐거움을 알 수 있도록 정성을 다했다. 그러다 보니 시간이 지남에 따라 반지의 산책길도 조금씩 즐거움과 자유로움을 찾아가고 있었다. 딸이 바쁜 날은 강 여사가 혼자서 또는 남편과 함께 산책을 했다. 반지와 두부의 건강을 위해서 산책을 시켰지만 그 덕분에 강 여사도, 딸도 바깥으로 나가는 것이 수월해지고 있었다. 함께 산책을 다니는 길에는 자연스럽게 가족 간의 대화 시간이 늘어나면서 가족 전부의 몸과 마음도 함께 점점 더 건강해지고 있었다. 반지의 첫 번째 선물은 그렇게 가족 모두가 인식하지 못하는 가운데 이미 와 있었다. 반지를 보살피고 산책하는 그 길들과 두부를 출산

하고 함께 키우는 그런 시간들 속에서 수없이 대화하고 의논하면서 공유
한 보석처럼 소중한 시간들로 쌓여갔다. 동시에 가족 모두에게 오랫동안
잊고 지냈던 소중한 추억들을 소환하였고 그래서 가족의 소중함을 다시
금 깨닫는 계기가 되고 있었다.

그렇게 세월이 지나면서 반지의 산책 중 공포도 반려견들과 산책에 진심으로 열심인 딸과 마음으로 돌봐 주는 강 여사 덕분에 중년의 남자가 없거나 오토바이나 차들이 없을 때는 호기심 가득한 산책을 즐겼다. 더구나 두부를 새끼로 인식하고 있어서인지 주변 경계는 충실히 했지만 어쨌든 나름의 즐거운 산책을 할 수 있었다. 그렇지만 다른 사람들이 함께 다니는 공원길에서의 산책은 여전히 반지에게 수행하기 어려운 미션이었다. 그래서 강 여사는 반지의 산책 시간을 사람들이 드문 한적한 시간에 할 수밖에 없었고 그나마도 다소 외진 곳으로만 다녔다. 그러다가 다른 반려견들과 교류가 너무 없다 싶으면 집에서 멀지 않은 반려견 공원이 있는 이웃 도시로 원정 산책을 다니기도 했다. 남편과 함께 두부, 반지를 데리고 차로 이동을 해서 비교적 넓어서 행동이 자유로운 반려견 공원에 데려다 놓으면 반지는 강 여사나 남편이 주위에 있는지 수시로 확인하고서 다른 반려견들과 유대를 즐기는 듯했다. 두부는 그야말로 에너지가 넘쳐서 푸들 종류의 반려견들과는 집으로 돌아갈 때까지 공원을 뛰어다녔다. 유기견이었던 반지와 새끼 때부터 집에서 키운 두부는 산책길에서나 공원 등에서 그 행동이 확실하게 차이를 보였다. 지금 돌이켜 보면 반지를 입양한 후 약 4년쯤이 경과되어서야 반지는 그럭저럭 동네의 다른 반려견처럼 산책길에서 다양한 사람과 반려견 무리를 만나도 무리 없이 정상적으로 산책을 할 수 있게 되었다. 그 세월을 지나고 보니 유기견이었던 반지의 산책 공포증은 꽤 오랜 기간 유지되었던 것 같다,

물론 다행스럽게도 집 안에서는 언제나 편안하게 지내고 있었지만.

사람은 물론이겠지만 동물들의 경우에도 트라우마가 그렇게 오래 간다는 사실을 반지를 통해 간접적으로 배우게 되었다.

반지를 데리고 산책을 하는 횟수가 늘어나면서 강 여사 내외는 이웃 반려견 주인들과 자연스럽게 대화가 많아지게 되었고 반지와 산책을 하는 강 여사를 알아보고 먼저 인사를 건네는 사람들도 많이 생겼다. 반려견 용품을 운영하는 여 사장님과도 친해지고, 반지와 함께 그 가게를 가면 공짜로 얻어 오는 반려견 간식들도 제법 있었다. 그래도 반지는 산책길에서나 집이 아닌 곳에서 타인이 주는 간식은 절대로 먹지 않았고 꼭 강 여사가 주는 간식만 먹었다. 그럴 때면 강 여사는 괜히 기특한 모습에 뿌듯한 마음이 들기도 했다. 그런 시간들을 몇 해 보내면서 강 여사 가족들은 그전에는 치열하게 사느라 전혀 눈치챌 수 없었던 것들을 알아차렸다.

사계절의 모습과 그때 그때 변화해 가는 계절의 길목에서 자연이 주는 순간의 아름다움들과 공기 속에 묻어 있는 계절의 냄새들도 알아차릴 수 있게 되었다. 그것은 또 다른 종류의 큰 기쁨으로 차곡차곡 쌓여갔다. 봄이나 가을이면 어김없이 찾아오던 강 여사의 비염 알레르기는 어느 날 사라지고 없었으며, 가끔씩 찾아오는 우울증도 가족들에게 이미 안녕을 고하고 있었다. 그런 시간 중에 강 여사는 남편과 노후 대비를 위해서 공인중개사 자격증 공부를 시작하게 되었는데, 반지는 강 여사가 공부하는 내내 강 여사의 책상 발치에 앉아서 강 여사와 함께 주경야독하는 의리를 굳건하게 보였다. 덕분에 덜 지루하게 공부할 수 있었던 강 여사는 1년만에 자격증을 따내는 쾌거를 보여주기도 했다.

강 여사의 딸은 아르바이트 자리를 찾아 일을 하기 시작했고, 전공 분야는 아니었지만 경제적 활동을 위해 배우고 싶은 분야에 학원 등록을 해서 이런저런 기술을 적극적으로 배우기 시작했다.

남편은 승진에 대한 집착은 버리고 건강하고 즐겁게 직장생활을 해 나갔다. 그러면서 강 여사와 함께 준비하기로 한 노후 대비 자격증 공부를 시작했다. 그러면서도 반려견들과 함께 온 가족이 행복을 느낄 수 있는 일에 집중하기 시작했다. 강 여사에 비해 긴 다리를 가진 딸처럼 짧은 다리의 반지에 비해 두부의 다리는 길어서 보기 좋았다. 딸은 스스로의 삶에 진지하고 충실해 가고 있었으며, 두부는 더 건강해지고 활발해져 갔다. 강 여사와 남편 그리고 딸과 반려견들까지 가족 모두가 살아간다는 것에 자신이 생기고 두 발로 굳건히 서서 가족을 위하는 동시에 각자의 삶에도 열중하기 시작했다. 아마도 그것이 반지가 가족들에게 준 두 번째 선물이었으리라.

그런 세월이 흐르는 중에 딸아이는 전공을 살려서 다시 학원 강사 자리를 구했는데, 그 학원에서 걸어서 5분 거리에 있는 곳이 지금 살고 있는 아파트이다. 이 아파트를 처음 본 강 여사와 남편은 그 환경에 반해서 주저없이 계약을 했다. 아파트 곳곳에 오래되고 큰 나무들이 종류별로 많이 심어져 있었고 반지와 두부가 산책을 하기에 너무나 쾌적한 환경이었다. 무엇보다 딸아이의 직장이 가까워서 좋았고 결국 인사 이동으로 자리를 옮긴 남편의 직장도 종전보다 가깝고 편했다. 그야말로 모든 것이 무난했고 좋았다.

　이렇게 가족들이 흩어지지 않고 한 집에서 모여서 살고 있는 것도, 반지와 두부에게 산책하기 좋은 환경에서 즐겁게 살고 있는 것도 지나고 보니 이 모든 것이 어쩌면 반지의 선물 중 하나가 아닐까 하고 생각까지 하게 될 정도였다. 봄에는 만물이 소생하듯 차례대로 피어나는 꽃들을 반려견들과 산책을 하면서 구경하기 바빴고, 여름에는 시원한 나무 그늘 아래에서 목을 축이기도 하면서 반려견들의 간식 타임으로 충분히 쉬었다.

유기견 반지와 강 여사의 행복 동행

가을에는 아파트 단지내에 잘 익어서 귀여운 모양으로 떨어져 있는 도토리들을 줍기 바빴다. 반지와 두부의 발바닥에 붙어서 집안에까지 따라 들어오는 작은 은행잎과 도토리 나무의 단풍잎들 부스러기들을 보면서 가을의 깊어 감을 느꼈다.

겨울에는 눈 내린 산책 길을 반지, 두부와 함께 미끄럼을 타기도 하고 눈밭이 된 공원의 공지를 마음껏 뛰어다니며 깔깔거렸다. 특히 두부는 추위를 전혀 타지 않아서 눈으로 덮인 공원의 공지를 달리는 것을 제일 좋아했다. 강 여사 내외에게 자기가 얼마나 눈이 내린 길을 잘 달리는지 보여주려는 듯 토끼처럼 귀를 흔들면서 끝없이 달리려고 했다. 강 여사나 남편이 그런 두부를 보며 즐거워하거나 칭찬이라도 하면 두부는 더 신나서 달렸다. 그때는 반지도 칭찬받으려고 두부보다 더 빨리 공원을 달리면서 강 여사 내외를 중심으로 뱅뱅 돌았다.

유기견 반지와 강 여사의 행복 동행

그렇게 태어날 때는 형제 중에서 제일 약했던 두부도 점점 더 건강해지고 긴 다리와 온몸에 멋진 근육까지 만들어져 있었다. 작은 애완견이지만 걸음을 걸을 때면 사자나 늑대 같이 어깨 근육의 미세한 움직임이 제법 의젓했고 그 모습을 강 여사는 특히 좋아라 했다. 강 여사와 딸아이가 그렇게 두부와 반지를 키웠다. 지금은 집 근처 공원 산책길에 강 여사가 이사를 왔을 당시보다는 산책이나 운동하러 나온 사람들이 많아졌고 반려견들을 데리고 나오는 사람들도 함께 많아져서 산책하는 재미가 떨어졌다. 그러나 이사 온 첫해 그리고 이듬해까지 집 근처 공원과 공원 중간에 하얀 눈이 덮인 넓은 공터는 강 여사와 반려견들에게 독점적인 장소였다. 사계절의 변화를 그때 그때 알려주던 모든 나무와 봄부터 차례를 기다리며 순서대로 피어나던 예쁜 꽃들 그리고 직박구리를 포함한 다양한 새까지 모든 것이 반지와 두부 그리고 강 여사를 위한 놀이터나 마찬가지였다. 그렇게 반지, 두부와 강 여사 그리고 남편과 딸의 추억들은 깨끗하고 예쁜 가을 낙엽처럼 색깔별로 하나씩 가족들의 가슴에 겨울 눈이 내리듯 소리 없이 쌓여갔다.

유기견 반지와 강 여사의 행복 동행

개다리 휘파람 부는

산책 가기 전 남편을 기다리는 도부

3장 강 여사와 유기견 반지의 동행　　211

반지와 딸,
그리고 새로운 인연

    강 여사에게는 외동딸이 있다. 원하던 대학교를 졸업했지만 전공을 살리는 직업을 가지기는 현실적으로 여러 가지 제약이 많았다. 그래서 주로 관련 학과의 학원 강사를 직업으로 가지고 있었다. 그러던 어느 날, 딸에게 애인이 생겼다.

    강 여사의 딸아이는 요즘의 젊은 여성들과는 다른 결혼관을 가지고 있었다. 지금 현대를 살아가는 일반적인 여성들은 결혼은 좀 늦추더라도 본인 스스로를 위하여 경제 활동을 계속하기 원했다. 그리고 그 과정에서나 결과물로서 멋진 외국 여행이나 특정 명품에 대한 취득 또는 자신만의 취미 생활 또는 전공 분야의 학업에 전념하기를 원했다. 그러나 강 여사의 딸은 그런 것들에는 관심이 많지 않았다. 대학 재학시에 그리고 졸업 후에 강 여사의 딸도 처음에는 자신의 전공을 살려서 작곡 활동에 전념한다거나 또는 그런 활동을 병행하면서 자신의 커리어를 완성해 나가는 것에 열정과 의지를 가지고 시도를 많이 했었다. 그러나 성격상 매사에 너무 진지하게 임하는 편이었고 그래서 창작 작업은 스스로가 먼저 만족해야 하는 수준이 높은 것만 지향을 했다. 그런 반면에 딸에게는 전공 분야의 네트워크가 다양하게 구축되어 있지 않아서 어쩌다 밴드를 구성하고 멤버가 되어도 사실상 재미를 느끼지 못했다. 그러다 보니 항상 그 길은 딸에게 너무 어렵게만 느껴지는 모양이었다. 그래서 인지 대학을 졸업하고 강사 일을 하면서 지금은 오히려 자신만의 가정을 꾸려서 행복하게 사는 것이 자신에게 맞고 더 중요하다고 강 여사에게 수시로 말해왔다. 딸은 그런 자신의 판단에 대해 시간이 지나면서 다시 생각해 보아도 스스로에게 거부감이 없었고 오히려 더 적극적으로 원하는 것 같았다.

남편도 딸이 그런 의견을 가끔 평소에 말하면 겉으로는 다소 소극적으로 조심스럽게 딸을 이해하려는 모습을 보이기도 했지만 사실 내심으로는 동의를 하는 것 같았다. 딸이 원하는 대로 가정을 가지게 되면 딸은 남편과 자식이 있는 가족의 삶에 자연스럽게 녹아들고 집중하게 될 것으로 생각했다. 그 결과로 딸에게 주어진 현실적인 삶에 대해 제대로 주체적인 입장으로 사고하고 행동하게 될 것으로 믿었기 때문이었다. 그리고 남편은 딸이 자기 가정을 가진 후 시간이 좀 더 지나서 엄마가 되고 낳은 자식이 초등학교를 갈 즈음에는 삶에 대한 이해도는 더욱 높아지고 음악을 바라보는 딸의 시선도 더욱 부드럽고 포용적이 될 것이라고 예견했다. 그때에는 딸이 하는 창작 작업이나 관련된 음악 작업들을 하게 되더라도 훨씬 더 재미있게 할 것이고 또 그래서 더 잘하게 될 것이라고 덧붙이면서 딸의 의견을 결국 지지해 주었다. 그리고 강 여사의 딸은 사실 이미 결혼 적령기에 있었기 때문에 부모 입장에서 반대할 이유도 없었다. 반지와 두부를 케어하는 것을 보면 자신의 가족에게는 말할 것도 없이 잘할 것이라고 강 여사 내외는 둘 다 그렇게 생각했다.

딸은 학원 강사를 하면서 수시로 젊은 사람들이 많이 모이는 온라인 독서 동호회나 게임 동호회 등을 통하여 또래의 젊은이들과 교류하여 왔다. 그런 어느 날 소개해주고 싶은 남자 친구가 있다고 강 여사 내외에게 선언했다. 딸 자체의 성격상 남자 친구를 사귀었어도 이제까지 단 한 번도 소개해주고 싶다고 한적은 없었고, 그런 말을 쉽게 하지 않는다는 것을 강 여사 내외는 잘 알고 있었다. 딸 역시 아빠와 엄마의 진지한 성격을 잘 알고 있으면서도 이번에는 남친을 소개해주겠다는 말을 했기에 강 여사 내외는 더욱 신중할 수밖에 없었다. 어쨌든 딸의 의사는 존중해주어야 했으므로 일단 마음을 편하게 가지고 만나보기로 하였다.

한여름이 물러가고 선선한 바람이 사람들을 다독거리며 결실의 계절로 접어들어 가는 초 가을의 어느 날 강 여사 내외는 미래의 사위가 될 청년과 함께 조용하고 아늑한 분위기의 식당에서 저녁 식사를 했다. 다행스럽게도 강 여사 내외는 미래의 사위를 보는 첫날에 두 사람 모두 일단 만족했다. 서울의 명문대를 졸업한 이력을 가진 이도 아니었고, 부유한 집안의 아들도 아니었다. 그러나 그가 가진 정직한 눈을 통해서 착하고 성실함을 알 수 있었다. 장남으로서 어려운 집안 경제를 위해 편안하지 않은 삶을 살아왔을 텐데 그럼에도 꾸밈없고 건강한 웃음을 가지고 있었다. 미래의 사위는 강 여사 내외에게 지금까지 스스로 열심히 살아왔고 앞으로도 그렇게 할 수 있음을 수줍지만 당당하게 표현하였다. 지금보다 더 나은 모습을 앞으로 더 많이 보여줄 수 있다는 의지를 적극적으로 보여주었다. 지금 특별히 내세울 만한 것은 없지만 그럼에도 비굴한 모습을 보이지 않았고 나름대로 알찬 계획과 미래의 비전을 가지고 있어서 하나씩 실천하고 있다고 당차게 말하는 그런 점들이 두 사람의 마음에 들었다. 첫 만남에 당연히 긴장을 심하게 하고 있었고 그 긴장으로 몸이 떨리고 있었지만 그래도 나름 준비를 해서 나온 것 같았고 그런 점들이 또 귀엽게 느껴졌다. 서울의 용산에 있는 직장으로 출퇴근을 하면서 가족의 기둥 역할을 해오고 있는 건실한 청년이었다. 물론 하나밖에 없는 외동딸의 결혼 문제이기에 사위가 될 사람을 시간을 두고 좀 더 보기는 해야 하겠지만 어쨌든 첫날 만남에서 미래의 사위에 대한 강 여사 내외의 판단은 거의 긍정적으로 일치하였다.

강 여사의 우려와는 달리 남편도 긍정적인 의견이었으나 다만 신중하게 지켜보자는 입장이었다. 딸아이는 이미 서른으로 접어들기 직전이었고 미래의 사위는 딸아이보다 한 살이 많아서 나이 차이도 두 사람 마음에 들었다. 무엇보다도 두 사람이 성격적으로 잘 맞는 것 같아 보여서 좋았다. 미래의 사위는 마음이 넓고 이해심이 커서 외동딸로 자라서 부족할 수 있는 딸아이의 성격도 잘 받아주는 것처럼 보였고 딸도 그 점을 인정하고 있었다. 강 여사 내외는 인연이라는 느낌이 두 사람 모두에게 왔다.

얼마 지나지 않아서 딸아이는 시부모가 될 어른들에게도 인사를 하였다. 그 이후에 급격하게 양가의 상견례까지 이루어지면서 두 사람의 결혼식은 빠른 시간 내로 날짜를 잡아 진행하기로 하였다. 그러나 그때 당시만 해도 코로나 바이러스가 여전히 한창 기승을 부리고 있는 시점이었다. 그래서 양가에서 가까운 지역에 있는 결혼식을 전문으로 하는 예쁜 카페를 통으로 빌려서 일가 친척들 중심의 하객과 함께 스몰 웨딩의 형식으로 두 사람은 결혼식을 올렸다. 사위와 딸이 그렇게 하기를 원했고 둘이서 그렇게 결정을 하고 예약을 했던 것이다. 강 여사는 시누이로부터 하나 있는 외동딸 결혼식을 그렇게 약식으로 하냐는 항의가 있었지만 결혼 당사자들이 그렇게 결정하였고, 그 결정을 강 여사와 강 여사 남편이 그리고 사돈댁에서도 존중하여 내린 결론이었다. 또한 코로나 바이러스로 인한 확진자 수가 줄어들지 않고 있는 상태에서 하객들의 전염예방을 고려하지 않을 수 없었으므로 이유는 충분했다. 결혼식은 참석한 하객들의 진심으로 마음을 다한 따뜻한 축복 속에서 소박하지만 행복하게 진행이 되었다.

그날 결혼식 날 당일에는 비가 내렸다.

비가 내리는 날에 결혼식을 올리면 두 사람이 행복하게 잘 산다는 속설이 있었는지 하객들이 모두 훈훈한 덕담을 아끼지 않았다. 과거와 달리 요즘은 결혼에 대한 인식이 많이 바뀌어서 강 여사 주위에는 자녀들의 나이가 결혼 적령기에 있거나 이미 혼기가 지났을 만한 나이에 접어들었어도 계속해서 결혼을 뒤로 미루는 자녀들을 둔 지인들이 많았다.

또 그런 자녀들 중에는 여전히 그 부모와 함께 살고 있는 경우가 많았다. 그런 지인들은 강 여사에게 사돈을 맺자고 요구하거나 그도 아니면 아는 사람 있으면 제발 소개 좀 해달라고 도움을 요청하는 일들도 많았다. 그러니 이런 시대에 딸이 강 여사 내외의 마음에 드는 사위를 데리고 와서 인사를 시키고 이제 결혼식까지 올렸으니 딸은 큰 효도를 한 셈이었다. 두 사람에게는 사위 복이 있다고 할 만하였다.

적당한 나이에 서로 좋은 인연으로 만나 두 사람이 성혼을 올리게 된 그 날, 예식이 끝나고 집으로 돌아와 남편과 함께 맥주 한잔을 앞에 두고 마주 앉았다. 결혼식에 대한 이런저런 뒷이야기를 담담히 풀어나가고 있었던 그때, 강 여사는 딸아이의 결혼식도 왠지 반지의 선물 중에 하나가 아닐까 하는 엉뚱한 생각이 들었다. 발치에 앉아 주인 내외의 대화를 가만히 듣고 있는 반지와 두부를 고마운 마음으로 바라보았다.

유기견 반지와 강 여사의 행복 동행

이제 두부가 열 살이 되었으니 유기견이었던 반지는 아마 두부보다 서너 살이 더 많을 것이다. 사람으로 치면 반지는 아마 80대쯤이 아닐까 싶다.

반지는 이제 더 이상 산책길에서 사람들을 피하지 않게 되었고, 차들이 지나갈 때면 그냥 조금 조심스러워만 했다. 오토바이들이 지나가는 길 한편에서 대소변도 태연히 해결하는 수준까지 되었다. 검은색 봉지 또는 인터넷으로 주문한 국방색 배변 처리용 봉지를 들고 반지나 두부 옆에서 대기하고 있는 강 여사도 세월이 흐르면서 이제는 창피함을 느끼기보다 지나가는 사람들에게 멋쩍은 웃음을 날릴 정도로 여유를 보이는 변화가 따라왔다.

가끔은 노령견의 모습을 보이기도 하지만 산책은 여전히 즐겁게 다니고, 외양은 타고난 그대로 한 미모를 유지해서 이웃들이나 동네 반려견들에게 인기가 좋았다. 처음 강 여사에게 입양되었을 때만 해도 1년이 넘어가도록 반지의 꼬리는 올라설 줄 모르고 축 쳐져만 있었다. 이제는 내가 언제 그랬냐는 것처럼 매일의 산책길에서 꼬리는 하늘 높이 치솟아 올라서 그렇게 만든 일등공신인 강 여사의 시선을 흐뭇하게 만들어 주었다.

최근에는 강 여사가 비밀번호 입력 오류로 여성의 광장 미술반 등록에 실패를 하였다. 마치 반지가 이제는 제 역할을 하지 않아서 생긴 일처럼 강 여사 남편은 이미 나이 든 반지에게 농담 같은 잔소리를 했다. 가족들에게 이미 많은 것을 선물해 왔지만 그래도 아직은 가족들의 대소사를 귀찮아 하지 말고 계속해서 관심을 유지하고 잘 챙기라는 식으로 우스갯

소리를 했던 것이다. 그렇게 강 여사 내외와 두부와 반지는 함께 나이 들어 가면서 강 여사 네 가족의 삶의 기록에 한 부분을 알뜰히 채워가고 있었다. 강 여사를 포함한 가족들과 반지, 두부는 그렇게 서로를 챙기고 서로에게 선물을 하면서 한 가족으로 함께 살았다.

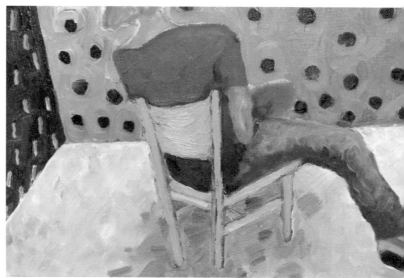

사춘기의 귀여운 딸

우뭇한 저녁 시간에 한 잔,
반려견들과 남편 그리고 나

100점 만점
자연 분만 선호의 출생

    강 여사에게 장구반은 질리지 않고 재미가 있었다. 선생님의 장단을 맞추고 따라가야 하는 가락이 힘들면서도 흥겨웠다. 반원 전체를 이끌어 가는 선생님의 기력은 언제나 충만했고 장구반 반원들도 열심히 따라가고 있어서 항상 분위기가 좋았다.

    어느 날은 아이를 업은 젊은 여성이 등록을 하고 수업을 받으러 왔다. 장구를 치는데 방해가 되는 것은 당연함에도 반원들 어느 누구도 불평하지 않았고 오히려 바닥을 기어다니는 아이를 보면서 덕담을 건네고 모두가 즐거워했다. 그리고 어느 날은 30대 중반의 신입 회원이 들어왔다. 며칠이 지나면서 기존의 회원들이 모두 그 사람은 이번 멤버에 끼이지 못하고 신입 그룹에 남아서 좀 더 배워야 할 것이라고 예상을 했다. 그러나 그런 예상과는 달리 보란 듯이 어려운 리듬도 금방 금방 잘 따라오고 있었고 오히려 기존 회원들 장구 실력을 곧 넘어설 것처럼 보였다. 알고 보니 음대 작곡 전공자였다. 그래서인지 장구 연주를 해보지는 않았지만 음율을 이해하는 것이 빠르고 연주도 곧잘 배웠다. 강 여사 세대가 몇 번을 연습해야 익히는 연주를 한 번이나 두 번 들으면 바로 연주가 가능한 수준이었다. 요즘 젊은 사람 같지 않게 이렇게 나이든 사람들이 모이는 문화 광장에서 장구를 배우는 모습은 기특하면서도 분명히 신기하게 느껴졌다. 대부분의 회원은 최소 50대는 우스울 정도로 나이 드신 분들이 대부분이기 때문이었다.

하지만 그런 모습은 또 한편으로는 강 여사로 하여금 강 여사의 딸도 이런 곳에서 음악 관련한 수강을 하면 좋을 텐데 하는 생각이 들게도 했다. 젊은 사람들이 많아지면 문화광장의 분위기는 더 살아나서 활력도 넘치게 되겠지만 그보다 사실 강습을 하는 선생님들이 대부분 대단한 실력과 경력을 제대로 갖추고 계셔서 실제로 배울 것이 많기 때문이었다. 그러면서도 그 수강 비용은 얼마나 가성비가 뛰어난가? 더불어 이런 문화광장에서 수강하다 보면 세대 간의 차이에 대한 이해도가 분명히 넓어지는 계기도 될 것이다. 딸이 나중에 경제적인 방편으로 음악 교육을 할 때를 가정하면 이곳에서 활동하고 계시는 선생님들로부터 자연스럽게 배우게 될 강습 기법도 많을 것이라고 생각되었다. 그것은 딸에게 어디가서 돈 주고도 배우지 못할 그런 폭이 넓고 소중한 간접 경험들을 줄 것이라는 생각까지 들었다. 그 음대 작곡자를 보면서 강 여사는 천천히 시간을 두고서라도 반드시 딸아이를 설득하고 싶다는 결심을 하고 있었다.

강 여사가 지금은 취미가 맞지 않아서 다니지 않는 한국화반과 달리 장구반의 분위기는 강 여사를 언제나 편안하게 해주는 편이었다. 여기에도 70대의 여성 노인 4인방이 계셨다. 그 분들을 포함하여 대부분의 할머니들이 흥겹게 장구 장단을 즐길 뿐 사치스러운 입담이나 화려한 액세서리도 잘하지 않는 분 들이었다. 그러면서도 이곳 외에 다른 곳에서도 장구를 배우러 다니는 정말 열정이 넘치는 분 들이었다.

모두 다 진심으로 장구를 비롯한 전통 악기들을 배우고 싶어하고 장단의 흥겨움을 즐길 줄 아는 사람들이었다. 그래서 강 여사도 오랫동안 해온 미술반 수업 이틀 중 하루를 일부러 빼고 장구반으로 돌려서 매주 배움을 계속 이어가고 있었다. 물론 재영씨는 강 여사를 자주 보지 못해서 많이 아쉬워했지만 강 여사가 워낙에 재미있어 하고 즐겁게 다니니 어쩔 수가 없었다.

그 즈음에 딸아이는 임신을 한 상태였다.

결혼식을 올리고 1년이 채 안 된 시점이었다. 코로나 바이러스가 여전해서 밖을 잘 다니지도 못하고 태교에 어려움이 많았지만 딸아이는 매사 질병에 노출되지 않도록 행동이 신중했다. 서울로 출퇴근을 하고 있던 사위도 항상 청결을 완벽하게 유지해서 산모와 태아의 건강을 위해 조금도 방심하지 않았다. 예정된 출산일을 앞두고 모든 가족들이 비상 대기 중에 있었던 어느 날 출산 예정일 일주일을 앞두고 갑자기 딸에게 산통이 왔다. 태아의 발육이 좋아서 제왕절개를 예정해두고 있었는데 밤 11시가 넘어서 갑자기 산통이 왔고 일주일 뒤로 예약이 되어 있었던 병원으로 딸과 사위는 급하게 달려갔다. 강 여사와 남편은 코로나 때문에 직접

가 보지도 못하고 사위로부터 문자로 소식을 전해 받고 짧은 통화를 하기도 하면서 안타까운 마음만 달래고 있었다. 그러나 너무나 다행스럽게도 병원에 들어간 지 30분이 지날 무렵에 딸아이는 수술없이 자연분만으로 건강하게 출산을 했다.

이렇게 멋진 효도를 다하는 딸이라니!

강 여사 내외는 딸아이에게 진심으로 고맙고 감사했다. 이제 세상에 막 나온 귀여운 손자와 든든한 버팀목이 되어준 사위에게도 감사했다. 딸아이와 외손자 모두 건강했다. 코로나 바이러스가 기승을 부리고 있을 때였으며, 아직도 매일 확진자 숫자와 사망자 숫자가 여전히 인터넷 포털의 헤드를 장식하고 있던 시기였다. 강 여사는 딸아이와 외손자의 건강이 무탈함에 진심으로 감사의 기도를 올렸다. 코로나 시기이다 보니 산모와 아기가 있는 해당 병원에서는 면회를 하루에 한 번 밖에 안 된다는 자체 규정을 가지고 있었다. 강 여사 내외는 사위가 면회를 가게끔 양보하면서 단지 스마트폰으로 딸아이의 얼굴과 외손자의 모습을 볼 수 있었다. 그래도 마냥 좋았고 남편과 함께 딸아이의 타고난 복을 누가 말릴 수 있냐고 말하면서 서로 안도의 웃음을 웃을 수 있었다. 사위는 침착했고 딸아이는 쉽게 순산을 했으며, 외손자는 똘망똘망하니 귀엽고 잘 생겼다. 비록 코로나 시대여서 여전히 어려운 점들이 많은 시기였지만 사위와 딸과 외손자는 더 이상 완벽할 수 없는 모습으로 강 여사를 감동시켰다.

30여 년 전 강 여사가 이제서야 애 엄마가 된 딸아이를 낳을 때는 이처럼 쉽게 순산을 하지는 못했고 특별한 사연들도 있었다. 남편은 전방에서 군 생활을 하고 있을 때였고 남편을 따라가서 동거를 했지만 관사를 얻지 못해 부대에서 가까운 일반 거주지에서 셋방살이를 하고 있었다. 남편은 3일에 한번 집으로 퇴근했다. 3일중에 이틀은 야간 작전과 당직을 교대로 하던 힘든 시기였다.

그때 강 여사도 출산 예정일보다 일주일 전 새벽 2시에 산통이 왔고 다행히 그 날 집에 있었던 남편은 급하게 택시를 부르고 그동안 다니던 병원으로 부랴부랴 달려갔다. 그러나 새벽 시간에 도착한 그 병원에서 강 여사는 타고 간 택시에서 내리지도 못했다. 그 병원에는 전날에 출산을 하던 산모가 안타깝게도 사망하게 된 사건이 발생하여 유가족들이 병원에 텐트를 치고 항의 농성중이었었다.

이럴 수가! 한시가 급한 상황이었다. 놀랍고 당황스러운 사건이었으나 강 여사는 다시 배를 움켜잡고 남편과 함께 타고 왔던 택시를 그대로 이용해서 가장 가까운 도시로 손에 땀을 쥐고 무작정 달렸다. 정말이지 한시가 급했고 두 사람 모두 이러한 경험이 전혀 없었으므로 정신이 온전하지 못한 정도였으나 그저 잘되기만을 바라는 마음으로 택시를 재촉했다. 그때는 너무 정신이 없어서 그 택시 기사님에게 감사하다는 말밖에 하질 못하였었는데 지금 이 자리를 빌려 다시 한번 진심으로 정말 감사하다는 마음을 전한다.

항상 복 많이 받으시고 언제나 건강하시고 행복하시기를!

강 여사와 남편은 타고 왔던 택시로 30분을 더 달려 출산을 전문으로 하는 산부인과에 도착할 수 있었다. 그리고 정말 다행하게도 그 병원에는 그날 새벽 시간에 출산을 기다리는 단 한 명의 산모가 분만 실 옆에서 대기 중에 있었다. 더구나 그 산모는 둘째 아이의 출산을 예정하고 있었다. 이미 첫 출산의 경험이 있어서 그런지 대수롭지 않은 일인 듯 의연한 모습이어서 강 여사가 진정하는 데 사실은 큰 도움이 되었었다. 그날 그 산모가 보란듯이 빠른 시간 내에 출산을 한 후 강 여사도 바로 분만실로 들어갔지만 강 여사의 경우에는 제법 긴 시간의 산고 후에 출산할 수 있었다. 그 당시 남편은 겨우 서른을 갓 넘은 나이였고 일생에서 처음해보는 경험인데 전방 군부대 근처에 살고 있었다 보니 당장 도와줄 가까운 친인척 어른 한 분 없었다. 강 여사가 다니던 병원에 하필 바로 전날에 그런 사고가 발생하여 침착하게 대처하기에는 너무 놀랍고 당황스러워서 신중한 처신을 기대하기 어려웠다. 경황이 없던 그때 남편은 택시를 다시 부르기 위해 뛰어나가던 중에 급기야 건물 모퉁이의 담벼락에 무릎을 세게 부딪혔었다. 남편은 오로지 아이와 아내만 걱정하다 보니 그 당시에는 무릎을 다친 사실조차도 몰랐다. 겨우 강 여사를 분만실에 입원시키고 나서 한숨을 돌릴 때서야 무릎을 다친 사실을 알게 되었지만 여전히 숨가쁜 시간의 연속이라 산모가 들어간 수술 방 앞에서 절룩거리며 왔다 갔다 하면서도 강 여사에게 힘내라고 소리를 지르고 있었다.

그 당시는 분만실에 남편을 산모의 옆에 두지 않는 시기였다. 그날 남편은 당연히 남들의 시선까지는 인식하지 못할 정도로 정신이 없는 상황이었다. 병원에 있었던 다른 환자와 보호자들 그리고 간호사들까지도 분만실 앞에서 절룩거리며 같이 악을 써대는 남편이 장애인인 줄 알았고 많은 사람들의 동정 어린 시선을 받았다는 웃지 못할 후문을 남겼다. 지금은 그때 그 일이 두 사람을 웃게 만드는 추억이 되었지만 딸아이의 출산을 바라보는 마음 역시도 여전히 당황스럽고 그래서 안타깝게 기다렸다. 그러나 딸아이는 강 여사 내외에게 출산은 이렇게 하는 것이라고 군대 조교가 신입 사병에게 보여주는 시범처럼 무결점으로 깔끔하게 선호를 순산하는 100점 만점의 고난도 착지 묘기를 보여주었다.

손자 선호는 건강했다. 건강하게 태어나기도 했지만 딸아이가 워낙 알뜰하게 선호의 건강한 발육을 위해 매일매일 철저한 식단으로 영양을 챙겼다. 딸의 말처럼 현모양처임에 틀림없는 양육을 하는 엄마의 모습을 보여주었고 그런 엄마의 헌신적인 노력에 손자 선호는 하루가 다르게 무럭무럭 자랐다. 손자를 보면 딸아이를 키울 때와는 또 다른 소중한 핏줄 이상의 어떤 형용하기 어려운 감정이 강 여사의 가슴을 관통하고 그 감동이 계속 머무는 느낌이었다. 남편과 함께 딸아이에게서 수시로 전해오는 사진을 핸드폰 바탕화면에 저장을 해 두고 생각날 때마다 들여다보며 웃는 것이 그 당시부터 계속된 즐거움이었다. 코로나 시기 동안은 까칠한 딸아이의 모성애 때문에 손자의 만남은 대통령 면회보다 더 어려웠다. 그렇지만 시간이 좀 더 흐르면서 그리고 코로나 바이러스로 인한 확진자 수가 급격히 감소하게 되면서부터 딸도 종전처럼 엄격하지 않았다. 딸과 선호가 종종 보무 당당하게 강 여사 집으로 왔고 종전보다는 훨씬 자주 손자에 대한 친견을 허락했다. 반려견인 반지와 두부도 털 때문에 처음 알현은 쉽지 않았지만 선호가 반지, 두부를 좋아해서 따라다니다 보니 선호와 금세 친하게 지냈다. 반지와 두부는 선호가 흘리는 먹거리 부스러기에 온통 정신이 팔려서 선호가 집에 있는 내내 따라다녔다.

모든 가족이 선호 얼굴만 쳐다보고 있었다. 선호가 보여주는 작은 일에도 모든 식구들이 감탄사를 연발하며 사진을 찍어대기 바빴다. 그런 어느 날 선호가 기어 다니다가 의자 다리를 붙잡고 일어서기 시작한 모습도 식구들에게는 잊을 수 없는 이벤트가 되었고 그날 온 식구가 환호를 울렸다. 다른 집에서도 누구에게나 있는 일이지만 그럼에도 그 시간은 가족들에게 특별했다.

딸과 선호가 가족 모두에게 선물한 행복한 시간들이었다.

야생 들꽃

유기견 반지와 강 여사의 행복 동행

호위무사
두부

    선호가 걷기 시작하면서 강 여사 네 집으로 놀러 온 날에는 강 여사 내외와 선호 그리고 반려견들과 함께 산책을 다녔다. 산책길에서 반지는 무심히 자기 할 일에 바쁜 반면 두부는 집에 있을 때처럼 여전히 선호 곁을 떠나지 않았다. 선호를 가까이에서 지켰고, 선호가 가벼운 재채기만 해도 강 여사에게 눈치를 주었다. 원래 집에서 부르는 두부의 또 다른 이름은 천사견이다. 이제 선호 때문에 호위무사라는 별명이 다시 하나 생겼다.

유기견 반지와 강 여사의 행복 동행

두부가 어렸을 때는 강 여사 남편이 영업직에 있어서 거래처나 동료 직원들과 술자리가 자주 있었고 폭음을 하고 귀가하는 날도 많았다. 그런 날에 두부는 남편이 아침에 깨어날 때까지 남편 옆에서 케어를 했다. 마치 강 여사 남편을 힘들게 하는 알코올들을 모두 제거해야 직성이 풀리겠다는 듯 술에 취해 잠든 남편의 얼굴 주위를 핥고 관찰하고 대기했다. 술에 취한 상태에서 코를 골아대는 강 여사 남편의 곁에서 두부는 잠을 제대로 못 자서 눈알이 빨개져도 남편을 지켜주던 녀석이었다. 강 여사가 그 모습을 지켜보면서 시켜도 못할 일을 두부 스스로 하고 있는 것이 너무 신기하고 대견하다고 느꼈다.

산책길에서는 동네의 다른 반려견들을 만나도 으르렁대는 법이 없었다. 상대견이 으르렁대면서 공격적인 모습을 보여도 그저 장난치고 놀고 싶어서 상대견 주변만 뛰어다니는, 어찌 보면 조금 모자란 듯이 행동하는 천사견이었다.

그 옛날 술에 취했던 남편을 돌보듯 두부는 선호 곁을 항상 떠나지 않았고 돌보고 알뜰히 챙겼다. 산책길에 선호가 조금만 뒤처진다 싶으면 무조건 선호가 올 때까지 서서 기다렸다. 산책하는 이웃들이 지나갈 때나 동네 다른 반려견들이 나타나면 선호 옆에 서서 가만히 선호를 지켰다. 선호가 강 여사네 집에서 자고 갈 때면 선호가 자는 방문 앞에서 선호를 지키느라고 다시 눈이 빨개지도록 보초를 섰다. 어쩌다 선호가 자는 방에서 뒤척이거나 우는 소리라도 들리면 강 여사에게 바로 알려주곤 했다. 평소에는 아무 생각이 없이 그저 철없고 놀기만 좋아하는 두부였지만 그 예전 남편에게 했듯이 두부는 선호를 알뜰히 챙기는 모습으로 강 여사를 다시 놀라게 했다. 선호와 딸이 강 여사 집으로 온 날은 다 함께 산책을 하다가 선호가 지치면 선호를 유모차에 태우고 강 여사와 남편이 함께 아파트 안에서 산책을 즐기곤 했다.

그때마다 반지와 두부는 언제나 함께 했다.

선호가 선물하는
행복 꾸러미

선호는 강 여사 내외에게 새로운 세상을 볼 수 있게 해주었다.

아이와 함께 시간을 보낸다는 것은, 아이의 보폭에 맞추어서 같이 걷고 아이의 눈높이에 맞추어서 사물을 바라보는 신기한 체험을 우리 어른들에게 주는 것 같다. 아이들에게는 모든 것이 새롭고 신기할 텐데 아이와 함께 시간을 보내다 보면 우리 역시도 아이들의 시각에 전염되어서 오랫동안 보지 못했던 것들을 다시 볼 수 있도록 해주는 것이다. 또 아이와 함께하는 그 시간에 우리는 이런 저런 맘에 들지 않는 것들로 인해서 생긴 스트레스를 잊어버리게 되고 저절로 치유까지 되는 것 같다. 그렇게 선호와 함께하는 산책길은 신선하고 즐거웠다. 미풍처럼 몸을 스치면서 지나가는 선선한 바람은 자유로운 즐거움을 주었다. 강 여사가 남편과 담담한 대화를 나누며 산책을 하다 보면 여러 가지 모양의 들꽃들이 지금 이 순간을 더욱 충만하게 축복해주는 느낌이었다.

어느 날은 아파트 안에서 산책 중에 남편의 손짓을 따라 고개를 들어보니 강 여사 네 가족들처럼 이제는 뿌리가 튼튼해진 이팝 나뭇가지에 하얀 꽃이 한가득 피어 있었다. 자세히 들여다보면 그제서야 보이는 무성하면서도 소담히 달려 있는 작은 하얀색 꽃잎들이 산들 바람에 춤을 추듯 흔들렸다. 그 작은 꽃잎들 하나하나가 모두 선호의 출생과 성장을 축하해주는 노래를 부르는 것처럼 작은 몸짓으로 떨어대고 있었다. 강 여사는 그림 같은 그 광경에 자못 흥이 나서 핸드폰에 저장해 둔 '애벌레 송' 노래를 틀었다. 애벌레 송은 딸이 아들 선호를 위해 직접 작곡해서 만든 창작곡인데, 선호는 물론이고 강 여사 가족들 그리고 반지와 두부도 모두 좋아했다.

　가벼운 미풍과 그 바람에 흔들리는 이팝 나무의 하얀 잎들과 허공을 메우는 애벌레 송이 자연이 만들어내는 오케스트라 같은 풍경을 그려내고 있었다.

　[애벌레송: 유튜버 출처 – 피아노파이터 PianoFighter]

　손자 선호는 집에서는 물론 동네에서도 낯가림이 없이 온 동네 친구들을 두루두루 사귀었고 두 살인데도 벌써 외발 자전거 '씽씽이'를 혼자서 곧잘 타고 다녔다. 주말이면 넘치는 기운을 모두 다 받아주는 지 아빠와 찰떡 궁합처럼 장난치며 몇 시간씩 즐겁게 지내는 동영상도 강 여사 내외는 흥겹게 받아 보았다.

　선호는 아빠를 닮아 다양한 종류의 자동차에 대한 관심이 특별했다. 소방차나 이사업체의 트럭은 물론 사다리차를 특히 좋아했으며 각종 전기 전자 제품에 대한 관심이 또 높았다. 엄마를 닮아 언어도 빨랐지만 모형으로 만든 소형 자동차 수집광이기도 한 아빠를 닮아서 더욱 그런 것 같았다.

먼 훗날 사위의 희망 중에 하나인 자동차 카페를 가지게 되면 참 보기 좋을 것 같았다. 모형의 작은 자동차가 아니라 실물의 멋진 자동차들이 일렬로 전시되어 있거나 수직 횡단으로 잘려서 자동차 내부 구조가 모두 보이는 모형의 멋진 자동차들이 있는 환상적인 카페 말이다. 그 안에서 선호와 사위는 차 수리 공구를 손에 들고 기름이 묻은 얼굴로 환하게 강여사 내외를 맞이하는 날도 오지 않을까? 그런 즐거운 상상으로 강 여사 얼굴은 햇살처럼 밝아져 갔다.

사위와 손자

화려한 솔로,
재영씨의 변화

　강 여사 네 인근 공원에서 작약과 연꽃들이 더위에 지쳐 시들해지고 있었다. 한 여름 뙤약볕 아래 능소화와 백일홍만이 더위에 지친 사람들에게 화사한 열정으로 조금만 더 참으면 가을이라고 파이팅을 외치던 날들이 이어지고 있었다. 그 즈음에 재영씨가 화구, 그중에서도 특히 좋은 붓들을 계속해서 구입하고 있었다.

　재영씨가 언제나 자신의 삶에 자신이 있고 부지런하며 성격은 명쾌하면서도 건강관리도 잘하는 반면 독신으로 지내는 것을 강 여사는 항상 안타깝게 여기고 있었다. 강 여사는 재영씨에게 기존 방식으로만 작업하지 말고 이제는 과감하게 자기만의 독창적인 화풍으로 유화 작업을 해보라고 권했다. 그래서 그 작품들을 가지고 전시회를 열 것을 충고했다. 그 다음에 미협에 회원으로 등록까지 하면 더욱 좋을 것 같다는 의견을 주었다. 자신이 좋아하는 그림을 그려 가면서 미협에 등록되어 있는 회원들과 자주 교류를 하기를 원했던 것이다. 그렇게 하다 보면 취미가 같은 사람들과 자연스럽게 교제를 할 기회도 많을 것이고 그러다 보면 성격적으로도 재영씨의 호감을 끄는 그런 남자 친구도 만나게 되지 않겠냐는 강 여사의 고민 끝에 나온 제안이었다. 재영씨는 강 여사의 제안에 괜히 그렇게까지 할 필요가 있을까 하는 마음에 처음엔 다소 망설였다. 그렇지만 그 이후에 자신만의 작품 창작에 집중하다 보니 어느덧 다수의 작품을 준비할 수 있었고 그래서 용기를 내어 어느 날 개인전시회를 열었다. 그 후에는 자신이 생겨서 자연스럽게 미술 협회 회원으로 정식 등록을 하였다. 물론 그 후로도 계속해서 자신만의 화풍을 발전시켜 나갔으며 작품이 준비되는 대로 가끔 연합 전시회는 물론 개인전도 열었다.

강 여사는 첫번째 개인전시회부터 남편과 함께 가서 축하를 해주었다. 재영씨의 작품 활동과 전시회를 연 용기에 지지와 박수를 보내주었다. 그리고 이전보다는 한 단계 더 나아간 창작 활동은 물론 다양한 사회적 관계 맺음을 통해서 재영씨의 개인적인 삶이 한 차원 더 적극적으로 나가게 된 것을 축하해주고 싶었던 것이다.

세 번째 개인 전시회를 갔을 때였다.

재영씨는 자신의 작품 앞에서 젊지만 안정감이 있어 보이는 단정한 차림을 한 남성에게 자신의 작품에 대한 설명을 하고 있었다. 멀리서 봐도 두 사람이 함께 서있는 모습이 강 여사에겐 그냥 보기 좋았다. 두 사람이 어느 정도의 관계인지는 알 수는 없었다. 그러나 재영씨의 삶이 종전처럼 반복되는 일상에서 벗어나 좀 더 자유로워지기를 항상 바래 왔었다. 더불어 자신만의 사생활을 자유분방하게 즐기기를 바라왔던 강 여사에게는 그 모습이 신선하게 다가왔다.

재영씨로부터 전해들은 바로는 그 남성도 바쁘게 살다 보니 현재까지 싱글이고, 조그만 커피 전문점을 운영하면서 그곳에서 직접 바리스타를 겸하고 있다는 것이다. 그리고 유화에도 취미가 있어서 자신도 유화를 가끔 그리기도 하는데 시간이 날 때는 이렇게 전시회를 찾아서 작품 감상하는 것을 좋아한다는 것이다. 그러면서 재영씨에게 재영씨의 작품이 자신이 좋아하는 작품의 세계와 통하는 점이 많이 느껴져서 저절로 발길을 끌어오고 시선을 붙잡는 힘이 있었다는 말을 했다는 것이다. 재영씨는 평소에 강 여사에게 서울 근교의 화랑으로 놀러가자고 자주 제안을 했었지만 강 여사는 이런저런 핑계로 함께하지 못하였었다. 그런 점에서 그 남자의 취미와 작품에 대한 호평은 재영씨에게 일단 호감을 끌어당기는 요소의 하나였다. 그러나 또 한편으로는 뉴스를 통해서 세상에는 소위 갑자기 범죄자로 돌변해버리는 무서운 사람들도 많은 것을 알기에 강 여사도 적극적으로 교제를 권하기에는 조심스러웠고 재영씨도 수동적일 수밖에 없었다. 재영씨는 자신의 그림에 대한 공감과 적당한 찬사가 싫지는 않았다. 그러나 자연스럽게 올라오는 반발감이 뒤섞인 의심스러운 마음도 생겨나서 어쩔 수 없이 그 남자를 알게 된 처음 얼마 동안은 다소 혼란스러워했다.

강 여사가 보기에 그 남성은 보통의 체격이지만 키는 적당하여 재영씨와 잘 어울려 보였고 눈빛이나 목소리가 차분하여 여유와 안정감이 있었다. 상의로 입은 셔츠의 끝을 적당히 말아서 올린 팔뚝에는 과하지 않은 도시 남성의 멋짐과 함께 성실함 그리고 건강한 느낌이 전해졌다. 강 여사는 시간을 두고 한번 사귀어 볼 것을 재영씨에게 조심스럽게 권했다. 재영씨도 싫지는 않은 듯했고 그 이후로는 전시회를 열 때마다 가끔 데이트를 하는 것 같았고 인근의 전시회나 화랑도 종종 함께 가는 듯했다. 시간이 흐르면서 재영씨 초청으로 강 여사도 재영씨와 함께 그 사람이 운영하는 커피점에 가서 그야말로 실력 있는 바리스타가 내려주는 커피를 공짜로 얻어 마시는 호사를 누리기도 했다. 커피 전문점은 적당한 면적에 제법 고급스러웠고 그 분위기는 깔끔하면서 실내에는 듣기 좋은 재즈나 부드러운 팝 음악이 항상 흐르고 있었다. 그래서 강 여사나 재영씨 모두 좋아할 만한 곳이었다. 게다가 그 남성은 성격이나 추구하는 취향에서 재영씨와 공통적으로 좋아하는 분모가 많았다. 그런 것들을 하나둘 두 사람이 서로 발견하게 되면서 자연스럽게 친밀해지는 계기가 만들어지고 있었다. 그리고 시간이 흐르면서 알게 되었지만 그 사람은 어릴 적 집안이 어렵고 부모님들도 건강이 좋지 않아서 동생들 공부를 뒷바라지해야 했다. 그렇게 몸이 아프신 부모님을 대신하여 집안 경제를 책임지다 보니 젊은 시절에 하고 싶었던 그림 공부도 시기를 놓쳤고 결혼에 대해서는 생각할 여유조차 없이 바쁘게 살아온 사람이었다. 이제 집안 경제를 걱정하지 않아도 될 정도로 안정이 되어서 본인이 좋아했던 그림 공부를 다시 시작했다고 한다. 동시에 직업으로 바리스타 자격증을 따서 본인의 이름으로 커피 전문점을 운영하고 있는 성실한 사람이었다.

강 여사가 보기에 시간이 흐르면서 두 사람은 서로에 대한 호감도가 상승하고 있는 듯한데 그러나 안타깝게도 아직은 그 관계를 한 걸음 더 나아가지 못하고 있었다. 재영씨의 완벽하면서도 조심스러운 성격이 관계 진전에 일차로 방해를 하고 있었고, 재영씨의 바쁜 일상들이 또 그것을 가로막는 장애였다. 재영씨는 여전히 노부모를 모시고 자주 병원으로 가야 했고 물려받은 사업체 관리에도 시간을 많이 할애해야 했다. 문화광장에서도 여전히 포기하지 않고 수강하고 있는 다수의 강좌들, 그런 모든 것이 모여서 두 사람이 함께할 수 있는 시간들을 물리적으로 막고 있었다. 강 여사가 어떻게 도와줄 수 있는 방법도 지금은 보이지 않았다. 재영씨가 먼저 풀어야 할 문제였다. 재영씨와 그 애인이 급속도로 가까워지기에는 재영씨를 둘러싼 일상의 벽이 너무 완강했고 재영씨 역시 아직은 그 벽을 일거에 허물어버리고 싶은 마음까지는 아니었다.

시간은 적당히 흘렀지만 계기가 필요한 때가 되었다. 그러던 차에 재영씨는 부모님 권유로 신규 아파트 분양을 신청했는데 당첨이 되었다. 그 이유로 이제 재영씨는 부모님으로부터 거주의 독립을 하게 되었다. 재영씨가 분양받은 새 아파트에 입주를 하고 문화강좌의 수강 개수도 일부 줄이고 난 후에는 그나마 두 사람은 종전보다 데이트를 할 수 있는 시간적 여유가 더 생기게 되었다. 재영씨 아파트 부근의 산책하기 좋은 공원과 분위기 좋은 카페 등에서 서로를 이해하고 알아가는 시간이 많아져서 강 여사가 전해듣기에 참 좋았다. 강 여사는 재영씨의 조심스러운 태도가 충분히 이해가 되었으나 그럼에도 재영씨가 그 사람과의 교제에 대해서 스스로에게 조금은 덜 엄격하고 자유롭게 행동했으면 했다. 그런 구속에서 벗어나 본인의 마음이 이끄는 대로 해도 충분한 나이이며 그러니 좀 더 스스로의 틀에서 자유로워지는 것이 좋겠다고 말했다. 즉, 결혼 자체는 당연히 누구에게나 인생에서 그 무엇보다 중요하기 때문에 절대로 그것을 서두를 일은 아닌 것이 분명하지만 남녀가 사귄다고 해서 결혼을 반드시 전제로 할 필요는 없다고 했다. 그러니 충분한 시간을 두고 천천히 스스로에게 묻고 답하는 시간이 재영씨에게 필요하며, 그러다 보면 어느 날 확신이 서서 결혼까지도 그 가부 결정을 하게 되는 날이 올 거라고 말해주었다.

다행히 재영씨는 결혼을 서두르지 않았고 현재의 교제에 만족하고 있는 것 같았다. 강 여사는 재영씨의 그런 모습에 항상 지지를 보내면서 그렇지만 연애는 자유롭게 해보라고 조언을 아끼지 않았다. 일단은 좀 더 서로를 알아가는 시간이 두 사람 모두에게 중요한 과정임에 틀림이 없으며, 동시에 그런 시간과 추억들이 행복한 삶의 한 부분임을 분명히 알아차리기를 바랐다. 그러면서 문화강좌에만 파 묻혀 지내던 재영씨가 이제는 데이트도 하고 스스로의 삶에 충실해 가는 모습이 참으로 보기 좋았다. 가끔은 일부러 놀리기도 했지만, 재영씨의 표정이 더 많이 밝아지고 예쁜 얼굴은 더욱 아름다워지는 모습을 보며 마치 다 큰 딸을 둔 엄마 같은 느낌이 들곤 했다. 그래서 두 사람이 잘되기를 항상 진심으로 기도했다.

한여름에도 환하게 마음을 밝혀주었던 아파트 안 능소화와 백일홍

숲속 요가

노인 부양에 대한
사회적 책임

　시간이 자연스럽게 흘러가면서 재영씨의 부모님들도 연세가 더 깊어져 갔다.

　이제는 재영씨가 운전해서 두 분을 모시고 병원을 다니는 것에도 그 거동을 힘들어 하시게 되었다. 결국 어느 날 재영씨는 남동생과 함께 부모님의 거취에 대해 진지하게 의논을 하였다. 아직은 비용이 다소 비싼 반면에 나이 드신 분들은 그 비용에 관계없이 호불호의 의견이 분분한 실버타운을 이용하시는 것이 어떨지에 대한 의논이었다. 나이 드신 분들은 당신들이 성장해 온 농경사회의 영향으로 자식들과 함께 사는 것을 여전히 많이 선호하시지만 이제는 실버타운에 대한 거부감도 많이 없어진 시대였다. 재영씨가 동생과 함께 상세하게 알아보았다. 다행히 그 중 가까운 지역에 있는 한 시설에는 의사와 간호사들이 상시적으로 대기하고 있고 조잡하지 않은 문화행사도 자주 열면서 취미 활동도 거동이 허락하는 범위내에서는 충분히 할 수 있는 시설이 있었다. 그리고 당신들께서 원할 경우 언제든지 당신들의 원래 주치의가 있는 병원으로 신속하게 이동시켜주는 시스템을 갖춘 그런 실버타운이었다. 재영씨는 그곳으로 이동하여 생활하시는 것이 어떨 지 부모님께 조심스럽지만 의향을 물어보기로 하였다.

사실 노화가 빠른 속도로 진행되는 현시대에서 이제는 거동이 어려운 노인들에 대해서 국가와 사회가 일정 부분을 책임져야 하는 시대였다. 단순히 가족이라는 이름으로 끝없이 개인의 희생을 강요한다는 것은 그 개인에게는 너무나 큰 짐이면서 남들에게 말 못 할 고통이기도 했다. 형제라도 많으면 분담이라도 좀 할 텐데, 대부분의 경우 어떤 한 사람이 독박으로 하는 경우가 대부분이어서 그 사람에게는 끝없는 희생이 사실상 강요되고 있었다. 그 결과 부양을 책임지고 있는 사람들의 개인 생활은 사실상 불가능한 것이 되어 버리는 것을 강 여사는 주위 지인들을 통해서 이미 잘 알고 있었다.

노인은 아니지만 이혼한 친오빠의 장성한 자폐 아들을 돌봐 주느라 미술반에 오는 시간외에는 하루가 바쁜 박 여사의 경우가 그랬다. 또 그 정도가 다행히 심하진 않지만 치매에 걸린 부모를 위해 집 안팎으로 CCTV를 설치하고 하루 24시간 관찰하다가 작은 이상만 생겨도 바로 달려가는 이웃집 언니도 하루 종일 노부모님 관찰과 병간호에 매달리고 있었다. 특히 연세가 많으시면서 거동이 아예 불가능한 환자들의 경우에 발생하는 욕창까지 크게 문제가 되는 시대였다. 욕창은 이제 큰 질병으로 발전하고 있었고 더구나 병원에서 간호 시 본인 부담 비율이 커서 하루 간병

비만 15만원 이상이 되어 환자 가족들에게 치명적인 부담이 되고 있었다. 그러다 보니 텔레비전만 켜면 보험회사들의 관련 상품 광고가 끝없이 나왔다. 그러니 개인이 그 모든 것을 책임지고 수발을 들기에는 한계가 있었다. 미혼인 재영씨의 경우도 사실상 그런 경우에 다름 아니어서 강 여사는 지켜보는 내내 마음이 힘들었다. 다행이라면 그나마 경제적인 여유가 다소 있다는 것이지만 돈이 모든 것을 커버할 수는 없지 않은가?

재영씨 부모님들도 이제는 많이 연로하시고 병원을 재영씨 차로 다니는 것조차도 점점 힘들어지고 있는 시기가 되었다. 오히려 차에서 타고 내리시다가 미끄러지면서 낙상 사고를 당할 위험이 점점 더 커지는 상황이었다. 그나마 아직은 두분 다 다소간 거동을 할 수 있어서 다른 질환이나 욕창은 생기지 않고 있었다. 그러나 지금도 고령이어서 한 분이나 두 분 모두에게 거동이 불편할 정도로 건강이 악화되거나 그로 인한 욕창까지 생길 여지는 점점 커져가고 있었다. 그것을 간호해 줄 사람도 따로 없으며, 재영씨나 재영씨 동생이 그 모든 것을 간호하기에는 사실상 너무 어려운 상황이라 이에 대한 우려도 점점 커 지고 있었다. 결국 어느 날인가 재영씨가 부모님을 모시고 병원을 갔었는데 재영씨 모친이 차에서 내리시다가 미끄러운 바닥 때문에 넘어지시는 사고가 생겼다. 다행히 심하게 다치시지는 않았고 바닥을 짚은 손목 인대가 조금 늘어나서 두 달 정도는 손 사용이 불편한 일이 생기고 말았다. 이런저런 이유로 걱정이 점점 커져가고 있었는데 결국은 가벼운 부상까지 생기고 나니 이제는 더 미루기 어렵다는 생각이 들었고 동생과 함께 의논을 하게 된 것이었다. 그래서인지 다행히 재영씨 부모님들은 재영씨와 동생이 의논한 것에 대해 거부감이나 불쾌함 없이 실버타운으로 입주하는 것을 순순히 받아들이셨다. 그래도 아직은 부부가 함께 해로를 하고 계시는 점도 긍정적으로 결론을 내릴 수 있었던 요인이었다.

그리고 두 분이 실버타운으로 이동하시기 며칠 전 어느 날 재영씨의 동생이 두 분에게 재영씨가 사귀는 사람이 있음을 알려드렸다. 혼자 남게 되는 재영씨에 대한 걱정을 덜어 드리고 싶은 마음이었고 그 이야기를 들은 부모님께서도 기쁘게 생각해 주시게 되었다. 재영씨가 결혼 적령기를 넘긴 나이에도 남들처럼 애인도 없이 부모의 병 간호와 사업체만 운영하고 있으니 그것을 바라보는 부모의 마음인들 편하기만 했을까? 재영씨가 혼자 지내기보다는 호감을 가지고 사귀고 있는 믿을만한 사람이 있으니 부모님들도 한편으로는 혼자 지낼 재영씨에 대한 걱정을 많이 덜게 되었고 안심이 되기도 하였다. 실버타운으로 들어가시는 발걸음이 조금 더 가벼워졌다.

그리고 재영씨는 부모님들께 조금만 불편한 일이 있어도 실버타운 시설에 수시로 드나들 것이 뻔하고, 그리고 그런 일이 없어도 수시로 가서 안부를 살필 성격이었다. 이런저런 믿음으로 재영씨 부모님은 가벼운 마음으로 실버타운에 들어가시게 되었고 그곳에서도 편안하게 지내고 계신다는 소식을 자주 듣게 되었다.

강 여사는 재영씨에게 생긴 이런 변화들이 누구보다도 기뻤다. 동생 같기도 하고 큰딸 같기도 했던 재영씨가 그 부모님들께서 종전보다 안전은 보장되면서 돌봄은 상시적으로 이루어지는 실버타운으로 입주하셔서 재영씨가 한시름 놓게 되었다. 그러면서 자연스럽게 재영씨가 사랑하는 사람과 함께하는 시간은 조금 더 많아지게 되었다. 좋아하는 그림을 그리는 시간도 종전보다는 여유 있게 되어서 재영씨를 볼 때마다 마음이 좋았다. 카페에서 함께 수다를 떨며 커피를 마시고 작지만 맛있었던 조각 케익을 먹는 시간은 이제 현저하게 줄어들겠지만 그 점은 하나도 아쉽지 않았다. 재영씨는 경제적으로 부유한 편이지만 그래도 과소비가 없고, 문화 광장에서는 누구보다도 수강에 의욕적이고 열심히 배우고 익혀왔다. 또한 강 여사에게 만큼은 그 다정다감한 면을 모두 보여주었던 재영씨는 이제 곧 어쩌면 새댁이 될 것이다. 따뜻한 자신만의 가정을 꾸려나가면서 조금 더 안정되고 성숙한 모습으로 미술반에서 얼굴을 마주하게 될 것이다, 또 재영씨가 스스로 결혼이라는 제도를 택하지 않는다 하더라도 괜찮다는 생각이 들었다. 마음이 맞는 남자 친구가 있으니 가끔은 진심을 털어놓을 수도 있고 의지도 되면서 격려와 지지를 얻기도 할 테니 재영씨의 삶은 자유롭고 더욱 풍부해질 것이기 때문이었다.

재영씨는 요즘도 아름다운 일출과 일몰을 바라보며 집 근처 공원길을 달리는 것을 좋아했다. 새로운 것을 배우고 익히는 것에 망설임없이 그

도전을 즐기면서 노부모를 돌봐 드리는 것에도 흐트러짐이 없는 정성을 다했다. 그러면서 그런 것들을 할 수 있는 환경에 항상 감사함을 놓치지 않았고, 강 여사에게는 언제나 다정다감한 모습을 잊지 않고 보여주는 재영 씨였다. 그런 재영씨가 앞으로 또 얼마나 정겹고 멋지게 변할지 강 여사의 따듯해진 마음에 재영씨의 밝은 미래의 모습이 살며시 얹어졌다. 그런 저런 생각으로 재영씨를 가만히 바라보는 강 여사 마음은 훈훈해졌다. 세월이 흐르면서 재영씨에게는 많은 변화가 올 것이고 강 여사는 항상 그 모습을 지지하면서 흐뭇하게 바라볼 것이다. 그러나 한편으로는 왠지 재영 씨 지금의 모습 중 하나인 '욱' 하는 성격만큼은 금세 사라지지 않았으면 하는 마음도 들었다. 강 여사가 좋아하는 재영씨의 많은 매력 중에 하나이기 때문이었다.

변치 않는 사랑 리시안셔스

유기견 반지와 강 여사의 행복 동행

모두에게 열려 있는
문화의 광장

　오랜만에 강 여사는 월요일임에도 미술반으로 향했다. 월요일은 미술반과 장구반 수강이 겹치는 날인데 한동안 계속해서 장구반으로만 향했고, 미술반은 목요일 수업에만 참석을 해왔던 것이다. 계절은 가을로 접어들고 있었고 낮에는 여전히 늦여름의 더위가 기승을 부렸지만 아침 저녁으로 부는 바람에는 선선한 공기가 배어 있었다. 매년 느끼지만 여름 내내 더위에 지쳐가면서 언제 이 여름이 지나가나 했던 푸념이 왜 그랬나 싶을 정도로 이 맘 때가 되면 사라지고 없었다.

　미술반에는 재영씨가 여전히 싱그러운 미소로 강 여사를 반겨주었다. 아직도 여전히 강 여사의 주차를 돕기 위해 차량 한 대의 주차 공간을 확보해두고 있었다.

　30년을 넘게 새벽 5시에 일어나 가족을 돌보면서 교사직에 매진해오다가 정년퇴직하고 이제는 자신의 삶에 충실하고 싶다고 말했던 김 여사도 캔버스 앞에 앉아 있었다. 김 여사가 그동안 어깨에 지고 왔었던 무거워진 짐들을 이제는 반쯤 홀가분하게 벗어 놓고 가벼운 마음으로 붓질을 하다가 멈추며 오랜만에 오는 강 여사에게 아는 체를 했다. 이혼한 친오빠의 장성한 자폐 아들을 돌봐 주느라 미술반에 오는 시간외에는 하루가 바쁜 박 여사도 자리에 있었다. 아직은 어쩔 도리가 없지만 그래도 여기서는 그 바쁨과 고단함을 잠시 내려 놓고 제자리에 앉아 유화 색칠에 집중하고 있었다.

자기만의 독립된 공간에서 일상 생활을 하는 것을 꿈꾸는 이 여사도 아는 체를 했다. 자신이 앉은 자리를 중심으로 무형으로 둘러 쌓인 작지만 독립적인 상상의 공간에서 편안한 표정으로 익숙하게 캔버스의 여백에 자유로운 붓질을 하고 있었다. 이 여사의 남편은 프리랜서인데, 집에 있는 시간이 많았다고 한다. 그러나 평소에는 집에서 잘 지내다 가도 설계 작업 일거리만 들어오면 그 일에 완전히 몰두해서 며칠 동안 잘 씻지 않았고 이 여사의 말을 빌리자면 그 냄새가 견디기 어려울 정도라고 한다. 그래서 이 여사의 작은 소망 중에 하나가 독립된 자기만의 공간이 있는 집을 하나 가지는 것이며, 이 버킷 리스트를 달성하기 위해서 그림을 그리는 한편으로 경 공매반에 등록해서 공부를 하면서 기회를 엿보고 있다고 한다. 생각을 바꿔 남편의 작업실을 집이 아닌 장소에 따로 만들어 주는 것도 하나의 방법일 것 같기도 한 것 같은데 본인의 생각이나 처한 현실은 또 그렇지 않은가 보다 했다.

물론 모든 수강생이 다 이런 특수한 상황에 놓인 것은 아니었고 또 남들에게 말하기 어려운 사연들을 모두 가지고 있는 것은 아니었다. 대부분은 평범한 범주에서 살아가면서도 자신이 제때에 못해봤던 것들을 문화의 광장을 통해서 배우고 익히는 열정을 표현하고 있는 것이다. 다만 이런 배움의 자리에서도 자세히 살펴보면 평범하지 않은 삶을 살아왔거나 지금 현재도 힘들고 어렵게 살아 가는 사람들이 적지 않았다. 그런 바쁜 삶의 틈바구니 속에서 없는 시간을 쪼개서 장구를 치고 유화를 그리고 있는 그런 사람들이 제법 많은 것이다. 그런 사실들을 하나씩 알게 될 때 우리는 자신을 돌아보는 계기가 되기도 하고 그래서 다시 새로운 용기를 스스로에게 불어넣는 힘을 얻게 되기도 한다. 모두가 각자 제자리에 변함없이 있으면서도 배우고 익히는 데 적극적이었다. 어떤 이들은 이런 배움을 통해서 그리고 건강한 만남과 수다를 통해서 자신들만의 꿈을 하나씩 찾아내고 그것을 실현시켜 나가고 있었다. 매일 조금씩 스스로를 위한 건강한 삶을 충실하게 만들어 가고 있었다.

이 문화의 광장은 확실히 건강한 소통의 창구였다. 그리고 자신의 진정한 모습을 발견하게 되거나 찾아낼 수도 있는 기회를 모두에게 주었다. 그리고는 다시 건강한 사회로 연결이 되는 중요한 길목이 되었다. 그리하여 스스로에 대한 진정한 존중과 그 바탕 위에서 가족 간의 사랑은 더욱 공고하게 구축되고 그 사랑은 다시 이웃과 사회로 순환되게 만들어 주는 어떤 긍정적인 가교 역할을 하고 있는 것임에 틀림없었다.

강 여사가 여느 날과 다름없이 미술반 회비로 사둔 간식으로 군것질을 하면서 쉼 없이 수다를 떨고 있을 때, 김 여사가 말을 걸어왔다.

"장구는 이제 많이 배웠어?"

"이제 풍물놀이패에서 활동도 하게 되는 거야?"

강 여사가 장구를 배워서 풍물놀이패에서 활동하고 싶은 것을 이미 알고 있었던 김 여사는 그동안 얼마나 배우고 익혔는지 궁금해했다. 미술반 회원들이 모두 강 여사를 보면서 답을 채근하고 있을 때, 미술반 선생님께서 말만으로는 궁금증이 해소되기 어려우니 장구 시연을 직접 한번 보기로 합시다 하면서 동조 의견을 냈다. 그러면서 여기 북채는 아니지만 큰 붓이 있으니 장구 대신할 만한 것을 책상 위에 올려놓고 신명 나게 한번 두드려 보시죠 하면서 강 여사가 빠져나갈 길마저 막았다. 강 여사는 지금 상황이 얼른 이해가 되지 않았다. 부끄럽기도 하고 동료 회원들의 부추김은 말도 안 된다고 여겨지면서 많이 어색했다. 그러나 대부분의 회원들과 어떤 내용이든 허물없이 수다 떨고 이야기를 주고받는 가까운 관계여서 인지 한번 해볼까 하는 생각도 들었다.

그런 생각이 일어남과 동시에 강 여사는 바로 흥이 생겼다. 구석에 놓여 있던 빈 종이 박스를 장구 대신으로 책상 위에 올려놓고 북 채 대신에 큰 붓을 거꾸로 양 손에 들었다. 강 여사는 장구를 두드리기 전에 가볍게 양 손을 흔들어 보고 어깨도 풀어보았다. 그 모습만으로도 미술반 반원들의 박장대소가 이어진다. 그동안 한번도 장구반 외의 장소에서 배운 장구 솜씨를 발휘해 볼 기회는 사실 없었다. 미술반 회원들은 어린 학생들처럼 장난치는 마음이 깃든 눈을 빛내면서 장구 쳐보라고 시켜 놓고는 시작도 하기 전에 또 그렇게 즐거워했다. 강 여사는 그런 개구쟁이 같은 미술반 회원들에게 가벼운 원망도 얼핏 들었다. 하지만 한 공간에서 오랫동안 같이 웃고 즐겨왔던 편한 가족 같은 동료들이어서 기꺼운 마음으로 서서히 장구를 치기 시작했다. 자존심이 높고 장구에 대한 자부심도 하늘을 찌르는 장구반 선생님이 그 모습을 봤으면 강 여사는 장구반에서 단칼에 영구 제명 당할 수도 있는 사건이 미술반에서 버젓이 일어나고 있었다.

천천히 장단을 맞추면서 강 여사의 어깨가 리듬을 탄다. '덩 더키 덩더쿵', '덩 더키 덩더쿵' 미술반 교실에서 때 아닌 장구 소리가 울려 나갔다. 처음에는 박장대소를 했던 반원들이 강 여사가 어쩔 수 없이 집중을 하고 있는 모습을 보자 어느 순간부터는 조용히 강 여사의 장구 소리에 조금씩 빠져들고 있었다. 강 여사는 지금 풍물놀이패 처럼 상모를 머리에 서고 있지는 않았다. 빨강 노랑 그리고 파랑색 띠를 어깨와 허리에 두르고 묶고 있지도 않았다. 역시 진짜 장구를 두드리고 있지도 않았다. 그러나 모두에게는 강 여사가 풍물놀이패에 섞여서 신나게 장구를 두들기고 어깨춤을 추는 모습이 각자 앞에 놓인 하얀 캔버스에 소리 없이 그려지고 있었다. 강 여사의 장구소리에 빠져들었다기보다는 자연스럽게 각자의 상념에 몰두했기 때문이었다.

잠깐 사이에 강 여사의 풍물놀이패 모습은 자신들의 모습으로 대체되었고 그렇게 미술반 회원들은 각자 또는 여럿이서 함께 춤을 추며 장구를 신명 나게 두들겼다. 신나는 강 여사의 장구 소리가 미술반을 가득 채웠다. 그 소리를 따라 문화 광장에서 열심히 배우고 익히는 것에 열정이 가득한 미술반의 회원들이 모두 비슷한 마음으로 각자의 장구를 상상으로 쳤다.

　배우지도 않았지만 굼실굼실 어깨춤까지 추고 있었다. 저마다의 삶의 이야기들이 각자의 상상속에서 그 장구 리듬 소리에 조용히 깨어났다. 마음속 안에 숨어 있던 각자의 응어리진 것들도 조금씩 그 장구 리듬에 풀려 나왔다. 그리고 그 장구 리듬에 녹아들기도 하면서 잠깐이지만 모두가 그 고단한 삶의 무게들을 벗어서 내려놓고 가벼운 몸이 되었다. 문화광장 주차장을 넘어 파란 하늘로 이어진 구름 계단을 따라 한 사람 한 사람이 모두가 풍물놀이패 일원이 되어 올라가고 있었다.

　덩실덩실 어깨춤을 추며 모든 것을 내려 놓고 자유롭게 상상속으로 비상하고 있었다. 짧은 시간이었지만 상상력이 풍부한 미술반 회원들은 각자의 캔버스에 이미 한 폭의 그림들이 모두 완성되어 있었다. 짧은 장구 연주가 끝난 후 상념에서 깨어난 모두가 박수로 강 여사를 격려했고 그러면서 또 사춘기 소녀들처럼 다시 박장대소가 터져 나왔다.

　이제 여름은 지나가고 있고 시원한 가을 바람에 공원의 도토리 나무들은 새롭게 열리는 앙증맞은 작은 도토리들이 고깔들을 머리에 쓰고 있었다. 그리고 작년에 나서 아직도 떨어지지 않은 채 가지에 매달려 있는 마른 도토리 잎들에게 이제는 무겁다고 그만 비켜달라고 그 작은 고깔 머리로 밀어 내느라 용을 쓰고 있었다. 모든 것에 솔직해지고 더욱 성숙해지면서 또 풍성해지고 있었다.

그런 어느 가을 날 문화강좌 미술반의 한 풍경이었다.

우리가 살아가는 모습 중 하나였다.

자화상 3

유기견 반지와 강 여사의 행복 동행

에필로그

싱싱한 푸르름만이 우리가 가진 전부였던 젊은 날의 어느 날

당신의 빛나던 눈동자속에서 투박하게 사랑을 고백한 후

문득 뒤돌아보니 30여년이 훌쩍 지났네요.

소중했던 자식이 결혼을 하고 두꺼비 같은 손자를 안고 나타나서

지나 온 세월에 대한 훈장처럼 우리에게 안겨주었지만

그 소중한 것 말고도 보석 같은 순간 순간들이 추억으로 우리 가슴에 가득

하게 남아 있었음을 발견합니다.

그리고 반지와 두부의 동행은 우리에게 또 특별한 시간들이었습니다.

그 시간들 중의 일부를 더듬어 활자로 남겼습니다.

여전히 세련되지는 못하지만 소환된 이야기들을 추억하면서 당신에게 감

사하다는 말을 전합니다.

그리고 이 모든 것을 함께하여 준 당신을 사랑합니다.

유기견 반지와 강 여사의 행복 동행